暮色降临

高丽娜 ◎ 著

图书在版编目(CIP)数据

暮色降临 / 高丽娜著. —宁波 : 宁波出版社,2015.9
ISBN 978-7-5526-2244-7

I.①暮… Ⅱ.①高… Ⅲ.①散文集—中国—当代 Ⅳ.①I267

中国版本图书馆 CIP 数据核字(2015)第 210476 号

暮色降临

作　　　者	高丽娜
责任编辑	黄　彬　卓挺亚
责任校对	朱璐艳　尤佳敏
责任审读	叶呈圆
装帧设计	原色太阳
出版发行	宁波出版社(宁波市甬江大道1号宁波书城8号楼6楼　315040)
网　　址	http://www.nbcbs.com
印　　刷	浙江新华数码印务有限公司
开　　本	710毫米×1000毫米　1/16
印　　张	16
字　　数	220千
版次印次	2015年9月第1版　2015年9月第1次印刷
标准书号	ISBN 978-7-5526-2244-7
定　　价	35.00元

如发现缺页或倒装,影响阅读,请与承印厂联系调换。电话:0571-85155604

序:"师弟"高高的三种身份

高鹏程

大约是七八年前的一天,我忽然接到一则短信。对方言称是我的师弟,目前供职于我谋生的邻县;说是在网上读过我写的一些诗,希望有时间联系。

说实话,我一直对这种陌生人的突然造访心怀警惕,因为之前也有一些人打着老乡的名义来套近乎借钱,但在我"倾囊"之后便杳无音讯,所以我犹豫了一下,并没有回复。后来在博客上我又看到留言,觉得对方是认真读了我的几首诗。来而不往非礼也,于是我便试着回复:"小老弟好,你也是从固原出来的?"在得知对方确系我的老乡兼同门师弟后,我便有了一种他乡遇故知的喜悦。及至后来相见,不禁哑然,原来这位网名叫"高高"的师弟居然是一枚巾帼。这也让我为自己的草率感到一丝歉意。

自此以后,在不多的几次老乡聚会以及相互之间的走动中,我也算和这位"师弟"认识了。她居然还是我的本家,芳名丽娜,在隔壁的鄞州当一名教师——一个我曾经从事过但后来却逃离的职业。但是她不但坚持了下来,而且成绩斐然;走上讲台没几年工夫,已经成为名师。这让我这个教师岗位上的逃兵肃然起敬。

忽然有一天,我的邮箱多了一部电子书稿,作者正是我的这位"师弟",并且嘱我作序。我自忖对她还是有一些了解,所以客气几次后便答应下来。但在断断续续读完这本厚厚的集子后,我不禁又一次为自己的草率暗自惭愧。这些年,"师弟"教书教得风生水起。尽管我也知道她在繁重的教学工作之余,还坚持挤出时间舞文弄墨,但没有想到,她的文字已经达到了相当水准。当我认真读着这部集子时,这位"师弟"兼小老乡的形象渐渐清晰起来。

这首先是一个良师的形象。尽管我没有听过她的课,但从同学、老乡以及本地一些文友的口碑里也能感知到她的出色。收在这本书中的一些文章诸如《灵魂的星空》《岁月风华里我的校园》等篇什,或品评师长,或叙写教书生涯中的点滴体会,无一不显示出她对于教师这一职业的恭敬之心。

前面已讲,我也曾有过一段不算太短的教书经历。尽管不算成功,但我依旧秉承一个看法,那就是陆游所说的"纸上得来终觉浅,绝知此事要躬行"。所谓教学相长,读写相长,一个语文教师,唯有自己时常下水作文,有意识地把自己置于"写什么、怎么写"的冲动与困境中,才能更好地体察和领略到他人文章的妙处,也才能更好地把自己的这种体察和感受授之于人。

当然,高丽娜的写作其实也并不仅限于上述的"功利"。除了教学之余写下的随笔,她还有更宽广的视野。这从她收在文集中的另一些篇什中可见端倪。书中辑四"纸上江湖"里的大部分文章,是高丽娜在阅读他人文章后写下的随感和心得。从中可以看出,她的阅读视野相当开阔,而且有一部分也并非通常意义上的名家之作。相反,一些普通写作者的作品也时常进入她的视线和笔端。这时候的她,更像是一个善解人意的聆听者与交谈对象。她用她的文字和原文的作者对话、探讨,曲尽那些原文未言的幽微之处。比如,在《转身与留恋》一文中高丽娜提到的塞壬,彼时塞壬尚未成名,但是其文字中那些在写普通人直面现实生活和追忆流逝光阴时显现出来的沉痛感和精神力量,让一个对逝去的光阴持有同样"怀念或者追忆"的心一下子有了共鸣:

  我从来没有像现在这样深深地怀念那段生活。我时常去试图触摸我的1998,但总是忍不住要发抖。一种既明亮又隐秘、既悲元又忧伤的情绪一下子攫住我,原本就要抓住的感觉一下子就滑脱了去,而后的内心就空荡荡的。

并且,这也很自然地引发了她自己的身世之感:

  这是《转身》中的部分。它常常让我陷入沉思:1998年,我在做些什么呢?转身后的多年,留恋的目光与月光一再回首那段故乡的岁月,像痴情的鸟儿留恋故巢,不肯走入新居……

读这一段文字时,我忽然想到很久以前见到的一句话:人与书的最佳境界是超越读。将其用作评价高丽娜这一系列品书评人的文章,应该是恰当的。

也许是有着相同经历的缘故,在这部《暮色降临》集子中,我更喜欢的,是她抒写乡愁、追忆故乡人事以及在异乡生活体验的这一类文章。这时候的她更接近我印象中的"师弟"和老乡的形象——一个异乡人,同样来自黄土高原腹地的宁南山区。她和我有着几乎相同的生活际遇:读书毕业,远离父母亲朋,只身来到完全陌生的地域谋职,寻求安身立命之道;经历了从西北高原到东南沿海的地域跨越,从风沙的砥砺到海浪的拍打,最终把自己变成了一个有着复合身份或者没有身份的人。

在异乡的十多年里,高丽娜一直在和我借居的地方仅一港之隔的一个名叫咸祥的地方教书、生活。平静的教书生活、可爱的学生、好客的当地居民和家长以及东海之滨象山港畔傍晚迷人的风光,让她那颗被乡愁萦绕的心,逐渐平静下来:

哦,十年里,这个港口,和她身旁的这个昔日叫作"盐场"的小镇,如同一条巨大的河流,将一个地方的全部印象,都化作了个人的、绵密的、厚实的、雕琢的、绵延的、忧伤而平静的回忆。

正是在这种平静的心态下,高丽娜写了这篇《最是黄昏惹人爱》:

怎么会不怀念呢?谁不会怀念黄昏呢?特别是固原的黄昏。她能让人忆起清水河畔沉沉的暮霭、晚霞中金色的垂柳婀娜的身姿;忆起夏日里东岳山下田野里不绝的蛙鸣和新月初升的半顶山脉;忆起南关街和文化巷绰绰的樟树影和回汉人粗犷的乡音……

许多年里,湿冷的秋风吹过来,夹带着海的潮气。那么美的黄昏开始降临,从沙金山半山腰观海台远望东南方向,只感天海茫茫,林木萧瑟。这个季节里,许多时候,我会站在观海台上眺望不远处的大海。在一个个春日或初秋的傍晚,站在沙金山巅向下俯视,夕阳仿佛在大嵩江里点燃了许多摇曳的纸船。

这两段文字,一段是初到异地的外乡人对故土的怀念,纠缠着浓得化不开的乡愁。而另一段呈现出来的,则是一颗借居异乡多年逐渐平静的游子之心。很明显,这是带着深切的个人体验,并且历经十多年时间打磨后沉淀下来的文字。这些带着她泪水的痛感和呼吸的温度的文字,一经说出,就有拨动心弦的力量。

这篇文章的结尾,高丽娜这样写道:

一路辗转,一路穿行,一路且听风吟与鸟鸣。终于,你从西海固的女儿变成了沙金山的女儿,在四月的黄昏里,在2011年我的小镇上。

哦,到此时,你才终于可以说,"最是黄昏惹人爱"啊。

一晃二十年过去,当年的懵懂少年都已经走到了两鬓渐白的中年。我们几乎都到了古人所谓的"却道天凉好个秋"的年龄。作为同一批把故乡变成异乡的人,我们也是同一批把异乡错爱成故乡的人。从时间上看,我们居于异乡的时间几乎已经和故乡持平,再过几年,肯定还会超过。虽然在某种程度上,我们已经习惯了当地的生活,但不容否认的是,在一些更深的层面,有很多的东西是无法融合的。很多时候,当我们经历从风沙的砥砺到潮水的拍打之后,也许能够在一段时间内获得平静,但是在不断的冲击后,你会发现,沙还是沙,海水依旧是海水。

就像我所知道的诗人沈苇,在他不断修改的《混血之城》一诗里最终意识到,故乡赋予你的,与生俱来的东西,它属于你基因的一部分,不会因为任何方式而改变。它更像是隐藏在我们身体里的暗物质,会在你遭遇某些重大挫伤(而有时候这种挫伤也许在别人眼里只是偶发的轻微事件)的时刻加速分泌,让你遍体冰凉,显得更加失意和无助。这让你不得不再一次在黑色的伤口里重新辨认自己的身份:

> 它伤得那么深、那么重
> 仿佛一个醒悟的同谋
> 它在挣扎、颤抖
> 仿佛自己的痛苦没有了出路
>
> ——如何,我才能帮它一把?
> 在暴力的阴影下
> 语言又如何治疗、修复、改变?
> ——沈苇《拿什么来修复……》

那么,应该怎么完成救赎?怎么修复那些生活带给我们的或明或暗的伤痛?作为一个远离权力、金钱,甚至在人际关系方面游离于圈子外面的外乡人、一介布衣、一个教书匠,也许,文字是我们能够抓住和依赖的唯一方式。就像高丽娜引述《没有悲伤的城市》一书扉页上的文字:我们每个人在寻觅心中尚未崩塌的地方,过上我们自己想要的生活,那就是我们没有悲伤的城市。

我想,这也是她提笔为文的初衷和最终的落脚点。既然我们有可能在纸上建造一座没有悲伤的城市和家园,那么,我的"师弟",我的小老乡,请拿起你的笔,继续写吧。

2015年6月23日凌晨

(本文作者系诗人,人民文学"新人奖"得主,浙江省"青年文学之星")

目 录

序:"师弟"高高的三种身份 / 高鹏程 001

辑一　诗意校园

灵魂的星空 / 003
碧波深处的一声声"咩——" / 007
岁月风华里我的校园 / 016
东海之滨话师兄 / 020
桃花依旧笑春风 / 025
石榴花开 / 028
往事随风意悠悠 / 033
我的二〇〇七 / 036
寻找一些光影和流年 / 040
教育,就是追逐梦想的过程 / 045

辑二　行走天涯

那几丛芦苇 / 055

一次安静的拜访 / 059

夏日游慧日禅寺 / 063

合心村处合心梦 / 066

北京的胡同 / 070

圣湖喀纳斯之畔 / 073

前方是什么 / 078

辑三　芬芳味道

小镇的面馆 / 083

琴中古曲是幽兰 / 086

吃醉虾趣谈 / 090

九月食蟹趣谈 / 094

冬日里的温暖 / 097

当岁月与春天一起老去 / 101

旗袍情结 / 104

韭菜耳环 / 107

如风岁月 / 114

永远的东坡 / 119

怀旧的孩子 / 126

辑四　纸上江湖

夜晚的阅读 / 131

寻找心中的卡洪莎 / 134

在风声里倾听岁月和流年 / 137

拥有一颗玲珑的诗心 / 142

在春暖花开的日子里又想起海子 / 146

拥抱温情和悲哀 / 150

一些花园中的记忆与点滴 / 153

烛照生命原乡的幸福记忆 / 160

沉默与尊严 / 165

在无与伦比的爱与珍惜里穿行 / 169

宽阔而深厚的大地 / 173

转身与留恋 / 176

辑五　故乡风情

行走在消逝中 / 181

白雪落下来 / 185

故人风格老枣树 / 188

二十年前的理想 / 192

一院月光 / 196

冬至前夜 / 199

最是黄昏惹人爱 / 202

等你回家 / 207

一席窗花 / 211

年关临近贴春联 / 214

酒厂旧事 / 217

那些斑驳的时光 / 224

父亲的二胡 / 229

后　记 / 234

辑一 诗意校园

灵魂的星空
——记我的师父袁湛江先生

师父是浙江省特级教师,也是名校长,但在他的身上,没有一点名人的架子。他的身上透出一股谦逊、儒雅,又带着一些孤迥的文人气息。

在许多场合里,师父总是笃厚而安详地微笑着,不时用他好听的普通话跟人交流着。这样的笑容是我所熟稔的:冲和中带有慈祥和朴厚。

当师父在张家港喝醉了,走路有些踉踉跄跄时,我和师兄师妹一起搀扶着他。我扶在右边,他胳膊无力地靠在我的胳膊上,夜色中的点点星光见证了一个北方男子坚强背后的脆弱内心。到了宾馆,师父和他的朋友卜言中老师,一个躺在床上,一个半跪在地上。两人紧握着对方的手,互相说对方是自己的哥们。那种饱含深情的哥们义气与情感,感动了我们。灯光下,一种温暖的气息冉冉升起……师父温和地笑着,并嘱咐着我们几个徒弟:一定要照顾好卜师父。看着他镇定自若的样子,那一刻,我突然强烈地感觉到:他多像我的父亲!

师父年轻时的风采究竟是如何的光彩照人或是气宇轩昂,我是无从知晓。见到师父时,正是他壮年时期和人生最丰硕之时。健康的面容上有着一双温和慈祥的眼睛,散发出朴实而温暖的光芒。那眼角处微微显现的皱纹里透露出的也是智慧。是的，在这样的面容下，藏着一颗憨厚、幽默并充满了生活情趣的心。

许多时候，在师父面前，我会孩子似的放纵着、快乐着。师父慈祥地看着我们几个玩闹。我收敛的性情得到了充分的抒发。师父就像一个洗尽铅华的行者，经历了一段漫长沧桑的人生旅行之后，终于慢下了脚步，露出了平静和朴素，将一个中年人的睿智和气象舒展开来，自然而然地顺应着流年光景的气息与色调，形成一个气场，将我们紧紧包围。我们也从中感受到了他的力量与智慧。

许多时候，我觉得可敬的师父总是处在一个静谧而安详的世界里，经营着他的教育理想。他能从容对待生活中的每一件事。有时候我会去师父的办公室里，静静地听他给我讲一些生活或工作上的事情，感受幸福的时光从身边淌过，就像窗外的风穿过树枝……

十六年前，师父从北京一路南下，最终选择宁波作为自己驻足的地方。而十年前，我从西北高原上以一枚星子的姿态跟跄着前行，最终也把这个城市作为终止脚步的地方。这个港口城市用她的温情怀抱接纳了许多个像我们这样的人。这里，就这么成了我们生活的地方，第二个故乡。总觉得，师父和我能从两个不同的地方，在合适的时间合适的地点相遇，并且成为师徒，这是上苍安排好的。

从未想过我会执着于一个工作，在一个地方静静地老去，似乎我的血液里总是流淌着祖父喜欢游走的脚步声。不过现在看来，或许我和师父一样，在经历过一段移植的不适后，最终都会安于这种生活，并平静地生活下去。

一晃一年又过去了。2011年的11月，我们跟着师父来到了安徽宣城，这个李白曾面对敬亭山抒发诗情、表达爱意的地方。一路上，师父穿的还是休闲装，到了晚上出席宴会时，师父以一袭棉布衣出现在我们的眼前。桂维诚老师说这是"阿根"。我们开心地看着师父的这身行头,倒觉得这次"新圆桌论坛"的主题("乡土文学与教师写作")因师父的这一件土布棉衣而显得更名副其实了起来。

第二日,我们一同去了敬亭山。师父矫健的身影,向着敬亭山的纵深处,一路前行,寻找诗仙浪漫的足迹和那一份份珍藏心间的情愫。下山路边有一湾静美的芦苇丛,迎风摇荡,似乎在欢迎我们的到来。后面不远处是一户农庄,紧靠着矮山,一股静默孤独的氤氲笼罩着它。晚夕下,一缕炊烟冉冉上升,轻盈地打着悠闲的小转儿,像个顽皮的孩子。一片金黄的稻田,顶着成熟的稻穗,低着头沉默着。师父孩子似的欢快地跃上了田埂,对着稻田深情地表白:"这是俺叔叔(袁隆平)家的稻田……今年俺家的稻田长势喜人!"我们几个徒弟被师父的话惹得大笑……时光终会流逝,这些美丽的光景也会不再那么鲜活,但我相信:我们师徒一行"西天取经"的点点滴滴会留存在每个人的内心深处。

师父说话的功夫也了得。初次见识是在我校语文组去他们学校联谊"取经"的会上。师父思路清晰,话语幽默,令我们佩服不已。记得当时我们学校文学社的刊物是《季风》,师父学校的是《太阳雨》。师父说,在一阵季风的吹拂下,太阳雨也会更加茁壮起来……

听他说话是一种享受,更是一种激励。一次我去听课,师父讲的是《我心归去》,他读一段,学生们跟着也读一段。讲到故土对一个人的重要和影响时,他提到了我:"后面坐着的是高丽娜姐姐。她是一位青年作家,是我们学校的驻校作家。"学生们一下子都转过头来,目光中带着羡慕和崇敬,倒是我,被他的话吓了一跳。但我明白,这是师父对弟子前行方向的期许。在他的鼓励与关注下,我不应该停下脚步。

在学校听完我的"汇报课"后,我们陪师父一行人去了小镇上的沙金山——她曾以一个底气十足的长者或是精神后盾的形象,多次出现在我的文字里。她仰卧在我的校园的后面,安详地立着。这一次,师父又是步履轻松地走在最前面,看到沙金山上的"小二郎"坐在牛背上,他孩童似的拉着牛鼻子,做出使出全力的样子,五官都快凑到一起了。大家哈哈大笑了起来。我趁机拍下这一刻,定格下了这份难得的记忆……

　　师父就像一本博大精深的书,你永远都翻不完,学不尽。有时,他就像盛大开放的唐朝一样,丰厚深远、雍容华贵;有时,又像他爱吃的小米粥加水果的晚饭一样亲和素朴、健康自然。

　　这么多年来,我终于明白:师父就是以他的不动声色诠释着对教育的理解,在我灵魂的星空里……

碧波深处的一声声"咩——"

——记肖培东老师

一

　　一张我早已在他的博客里熟悉的脸,干净、安详地笑着。年轻得让人不敢相信,他竟是特级教师。仿佛早已认识一样,亲切中带着一丝光洁的气息。我是那么快地就沉入到几年前见到孙绍振先生时的那种亢奋中:终于又见到了偶像!许多时候,我还是很沉静的,理智而清醒地和周围的环境协调着。但是,偶尔,我会像个孩子一样,把内心的热情释放出来,就像对这个我想见到的人,还有他的课堂。

　　所以,休息间隙,当我在倒数第二排找到他,提出合影的要求时,我的声音是颤抖的。我的心慌得"咚咚"乱跳,与初恋时的感觉如此相似。随后,我捧着笔记本请他签名,他的字遒劲洒脱,像是专门学习过的。我目不转睛地看着"肖培东"三个字,那一刻,幸福如期而至。

　　之前,也一直喜欢在他的博客里"转悠",通过《雨季再来》,我看到了一个初上讲台的年轻教师,面对即将与孩子们分别而流露出的不舍与爱。那粒粒文字,像一声声清脆的鸟鸣一样,萦绕在耳边,久久不愿离去。也因此,我似乎相信,他也是喜欢三毛的,不知是否?

这个语文世界里年轻的前行者,带着内心一束看不见的纯净火焰,靠着怎样的理想匍匐、徘徊和实践呢?如今,他是否还会有彷徨呢?

课堂上,他对文字的理解和敏锐感觉,他对学生的循循善诱,都是带着他对语文的爱,带着他内心深处的坚忍、温暖和悲悯,像一颗颗晶莹的珍珠,温润着孩子们纯真的心灵。

一位同事在宁波中学听过他的课,一直将此挂在嘴边,分享着从课堂上收获的种种,说着他的声音之美妙和他对文本的解读之深。这是一个不甚轻意表达自己赞赏的人,能从她的口中出现这样的言语,是难得的。

"碧波深处有珍奇。"这是钱梦龙先生送给他的一句话。我更愿意相信:语文深处有珍奇,在我们的语文课堂上,在我们的生活语文中。这就像他的课堂,少了一些理性的标签,而多了感性分析后的一次又一次的朗读和品读,仿佛在穿越一条幽径,七回八折后,终于柳暗花明。

他在课堂上教授汪曾祺先生的《金岳霖先生》。在他的一次又一次自然地引领中,学生由最初的感觉"有点怪"和"好玩",到最后渐渐明白了这些文字背后的真实味道。想起了雅斯贝尔斯所说的,教育就是与人格平等的求知识获智慧的人进行富于爱心的交流。课堂上似乎有人使出一股看不见的力量,推动着孩子们走向真实的金岳霖先生、汪曾祺先生,走向那个逝去的久远的文化回响中。但我明明知道,这一切,就是由这个年轻的教育实践者用他的声音、他对文本的深入理解、他对文化的敬畏营造的。当他带着孩子们行走在这条路上时,他一直强调"朗读"的必要性与重要性。一次又一次,师生们穿梭在"朗读"和"品读"的小径上,边行走边欣赏,边欣赏边深入,一直深入到尘埃里。他由一个人"深一脚浅一脚"地走在西南联大那条土路上时的那份孤独和内心的隐痛开始讲起,让孩子们关注汪曾祺先生写此文不光是为了怀念金先生一人,更是为了让孩子们懂得,这个物欲横流的时代里缺少这样的人,或者是正在消失。所以,当一系列如滔滔海浪般的排比句出现在课堂的最后时,诸如"我们会怀念一抹春光,我们会怀念那些带给我们温暖文字的人"、"让我们记住那个孤独的背影,记住那段纯真的遥远的时光,记住那抹纯真的微笑,记住那个'深一脚浅一脚'走在西南联大的土路上的人",我感觉到这个声音像故事结尾处那个孤独远去的人一样,渐渐地淡出了我们的耳边,同时却有另一个声音在我的心中响起:"记住,请你欣赏这个人和他的'我们的语文'!"

哦,请原谅我笨拙的手和笔,记不下课堂上那些美好光洁而充满温暖的文字。但是,我知道,他一点一点地走进了2013年秋天浙师大附中的课堂里。他的明净和年轻从某种程度上改变了我对特级教师的理解。他那温暖的充满力量的文字又从某种程度上增添了我对一个语文人的敬仰之情。

秋日的金华小镇,骆家塘景轩酒店的前面,有一些便宜又好看的秋装,是浙师大的大学生们喜欢的时尚风格。饭店和小旅馆很多,面食店也多,物美价廉,味道也稍稍偏辣一些。很喜欢这样一些充满文艺腔的名字:小朵旅舍、南北草堂、面来面往……

一切都很安静,午后的小镇,空气里有股慢慢沉淀后释放的微微的甜香。此刻,阳光明净,给人舒服的暖意。风儿从路旁的樟树叶间穿过,带着簌簌秋天特有的味道扑面而来。麻雀、喜鹊们的翅膀划过天空时拉出的弧线,也让我欣赏好久。

啊,这金华的一切,令人如此沉迷。

二

当四月的第一道曙光向我走来时,那些美好的关于春天的气息和诗意一起扑面而来。四月,我对她有着不同寻常的情感。她是我的另一个姐妹。四月的春光里,我写下了许多文字,还有我灵魂的颓败与迷离,更有激情和热爱。

吴非老师在《像太阳一样升起的白旗》一文中写道:"我总想,中国的教育缺少一种人道精神,我们教育的旗帜上,没有人性的光辉。"他怀着忧伤和微微的绝望,对中国的教育,和许多有良知的中国教师一样,在思考,在痛苦,也在呐喊——都是为了寻找一条真正的教育之路。在这条路上,我们身为普通的教育者,我们不愿否定自己,也不愿再被别人否定。

伯特·斯宾塞说:"教育的目的和任务,就是为我们的完满生活做准备。"为了我们的完满生活,你准备好了吗?

自金华那次难忘的美丽遇见之后,在接下来的许多个金秋和暖冬里,我比以前更多地流连在"我们的语文"中。我专门列了一个文件夹,取名为"肖肖"。哦,请别嘲笑我的热情和幼稚。这,只是一个人内心的一个秘密:想改变自己内心的苍白和赤贫;想通过另一个人的思想痕迹,慢慢地让自己的思想和理解也成熟起来,并且能让自己的内心变得丰盈。

刚开始偶尔会有留言,但是,后来,我只是悄悄地"逛"一下,然后带着我的"宝贝"悄悄消失……许多个清晨和夜晚,我就是这样从这块宝藏区里"取走"我所需要的东西,像是一个窃贼,充满了不可言说的幸福。

三月,春光乍露。在浏览肖肖的一篇博文时,我看到他说着自己的健忘和不再年轻。当三门的老师们客气地说他大概三十多岁时,他说:"我立刻崩溃了,没几年前,还有人夸张地说我看上去二十来岁,怎么那么快就有了十年的沧桑了呢?衰老,不可回避地到来了。我下决心,以后要穿得色彩艳丽点;头发,我决心染出点阳光来。三门的天空,浮云,几缕冷冷的光芒。"

所以,当这次近距离地接触时,我还是没能忘记细细地打量着他的头发。阳光点的味道到底是什么颜色呢?金色的?粉色的?还是紫色的?

呵，我还是忍不住地笑了……笑什么呢？或者是自己的孩子气吧。笑声竟然就落在了海边小镇我的美丽校园的中午时分。我们一起和肖肖在校园里拍照。他会自然地摆出 POSE，还和一位女同事摆出旧时上海老外滩的怀旧风格，对着一盏斑驳时光的路灯。天气有些清冷，内心略显寂寥，但又带着微微的感动。

晚上，时剑波老师做东请肖肖吃饭，另有刘、李两位老师和我作陪。开了几瓶"小糊涂仙"后，看得出来，肖肖的精神还是很不错，时老师正向他求教有关说课的问题。听李老师说，时老师今年参评了特级老师。我心想，呵，都是将来的"大家"！我和刘对视了一下，作苦笑状，我明白，我们想的一样：那该是多少的跨度和距离呀，横亘在我们之间的。

回来的路上，我开车，刘喝了酒，坐在副驾座。肖肖和他的侄子小肖坐在后面。广播里传出来的全是 90 年代那些怀旧的歌曲，舒缓地流淌着，带着让人不由自主的感伤。气氛似乎活跃了些，是由肖肖带动起来的。每次一支新曲"过门"一响，他就会准确地说出曲名和歌者。果然，一会儿，主持人报出来的跟他所说的全一样。

车上，三个七〇后，一个九〇后。肖肖随着节奏边哼唱边解说，轻松而愉快。其他三人听着，感受着逝去的时光。

肖肖说："我那时有个梦想，想做一个 DJ，可以把歌曲的背景和自己的感触整合在一起。"这个我相信，虽然只有短短的两面之缘，但是，从他的文字里，从他的课堂上，我感受到的不仅仅是他学识的渊博，还有对生活的认识和热爱，就像他时尚前卫的装扮一样，带着看透了风景的干练和直白。

春天的海边，还是有些微微的清寒。小小的车厢里，肖肖用他充满感情的语调给我们做着解说。温暖中有寂寞和感伤，是我喜欢的风格。

广播里放着苏芮的《北西南东》："告诉我什么才是开始，告诉我什么才是结束。谁能够拥有不同的选择。"不必说,苏芮的声音是美的,她的孤独也是美的。多年来,我们在路上前行,除了无法言说的共同的感受,我们还有什么呢?苏芮孤独的声音里传递出的不光是对爱情的渴望,还有对生活的挣扎与呐喊。我静静地开着车,听着她的"告诉我如何寻找方向,告诉我如何跟随梦想"。

这些年来,我和刘一样,大多数时间处于一种深山竹笋式的自由生长状态:野生而茂盛,带着一股乡野自然凌厉的风,却缺少一些正规的修剪和方向的探寻。我们只是按照自己的性格在生长。我们拥有的全部就是朴素和热情,以及探寻语文之路的真诚。直到遇到我们的师父和肖肖……

是的,我们也曾在寻找方向,也知道该紧紧地、紧紧地握住梦想的翅膀。但是,最终,我们好像还是在时光银针的旋转中迷失了心灵的家园,迷失了语文教学的方向……

苏芮魔力般的声音穿透了这深幽的夜晚,在我们每一个人心中响彻:"面对着命运无情的追逐,北西南东,一程又一程。何时才停止寂寞的旅程,北西南东,走不尽的路。"

"肖老师,您完全可以参加《开门大吉》这个节目的。"我热切地建议着,全然忘记了自己是司机,应该专注地开车才对。

三

咸祥的校园,在4月3日这一天,是别样的清新,似乎弥漫着一股说不出来的芳香气息,人处在其中有些醺醺然。

我相信交流和真诚的力量,我同样也相信冥冥之中的一种说不出的力量,会把一些人和事,紧紧地联系在一起。就在这一天,我目睹了一群孩子在肖肖的课堂上，从最初的沉寂，到慢慢地被唤醒，到积极地参与，到最后情不自禁地发出那一声声充满深情的"咩——"。我才终于明白，许多时候，由于自身的能力有限，我们常常会耽误这些孩子们的青春年华，在他们最需要填补知识时。

上午大课间间隙，我同几位老师去了那两株正在怒放的樱花树下拍照。纪勇老师还是相当拘谨，在镜头前。昨天这些樱花似乎还不曾盛开，没想到一夜之间，就势不可当地怒放了。它们带着一股疯狂与激烈，放肆而勇敢。肖肖对我说："就这一株樱花，看到底是谁的……"他的意思是，我和他执着同一株樱花，同时盯着这粒粒的春光绽放出的盛大。

他也同一个孩子一样，自然、舒展、浪漫、诗意。

这样真性情的语文老师，又有哪一个学生不喜欢呢？

四

安妮宝贝说过这样的话："我想给我的灵魂找一条出路，也许路太远，没有归宿，但我只能前往。"我想给我的灵魂找到的出路到底是什么呢？是写作，还是在语文课堂上给孩子们一些丰盈美好的情感和智慧？当我找不到路口的时候，请原谅我的迷惘和坚持：那么，就这么走吧，一直往前走，即使是带着阴影和缺陷。是的，人的生命应该是丰富而有缺陷的，而缺陷就是灵魂的出口。

我相信一切美好的事物：烟花、缘分、遇见、宿命……

为了追寻内心河流的方向，我选择了前行；为了倾听一棵树呢喃的细语，我选择了驻足；为了张望语文的绽放，我选择了慢慢地靠近……

下午时，本想带着他们一同去沙金山上走走。特别是站在观海台上，就能望见不远处的象山港。天气晴朗的时候，就能看到浑黄的大海，还有它那沸腾的内心,甚至它的灵魂。但是,肖肖还是喜欢近距离地看看海。于是,我们一同去了横山码头。没有明净的阳光,也没有纯蓝色的天空,有的只是湿润的海风扑面而来……

我想肖肖是失望了的:他以为我们的校门不远处就是扑上沙滩的海浪,晚上就可以在沙滩上散步,听海,像厦大那样的吧。是否我所说的"面朝大海,春暖花开"有些让他误解了呢?

从横山码头回学校的路上,肖肖给六六打了个电话:"六六(六六是肖肖的儿子,上三年级),你知道你们班掉钱的事情吗?"

"……"

"那你知道是谁捡到了吗?"

"……"

电话打完,肖肖说:"六六班里一个学生掉了两百元钱,老师发短信让家长关注一下自己孩子的举动……"说着,他把短信翻着让我看。

"我担心……"

似乎肖肖的情绪明显有了些低落。此刻,我明白一个父亲心中的担忧。就像我作为一个母亲所担心的一样。毕竟是孩子,他们有时候还不知道事情的后果。

五

晚饭时,接到了时剑波老师的信息,让我代他向肖肖表达歉意:没能来听辛格的《山羊兹拉特》。电话过去,他问那几声的"咩——"是如何呈现的。我说,还是让肖老师和您说吧。肖老师告诉他:"还是让高高和你说吧……"我说:"您没能听到那一声声的'咩——',真是太遗憾了!不过,我有录音的,有空会给您发过去的。"

晚上,送肖肖去火车站,一路上,他不像之前与我们听着音乐快乐地交谈,多是沉寂的。是的,一天的时间里,上一节课,听三节课,评三节课,再讲座一个半小时,是铁人也该扛不住了……

我回头看了好几次,他好像是在小睡。

火车站告别后,我给他发了一个短信:"肖老师,在一声声'咩——'里,回味着您带给我们的智慧,还有语文的美好姿态。保重并一路顺风!"

哈佛大学教授、著名的哲学大师怀德海认为:教育的本质是宗教的,宗教教育即教导人如何尽义务与尊敬他人的教育。当我怀着虔诚的心记下这些场景,只是为了记住一些即将逝去的光影和年华,记住一些在我们生命中留下深刻印象的人们,记住他们明媚的笑容和清洁的思想,记住这些简单平凡的印痕。我怀着敬畏之心写下这些文字,只是因为,从他们身上,我学会了尊敬他人、景仰他人,学会了平等地分享,学会了用语文人的眼光打量生活,体会到了一个普通的语文老师在寻梦过程中的曲折、坚守和幸福。

岁月风华里我的校园

我喜欢向别人说起我的小镇,就是我现在寄居的这个江南小镇。它宁静而安详地端坐于象山港的一隅,像一个落寞而孤独的人,内心丰盈而强大着。

十年前,它以宽广的胸襟接纳了一个来自西北高原的女子。然后,她就在这个小镇上一所安静的校园里开始了新的生活。从初期的思家哭泣,到最终安静地教书、写作、生活,她的校园见证了她的软弱及飘飞在夜风中的泪水,也见证了一个异乡人的艰辛而丰富的异地生活。

如果你愿意的话,我会带你去我的校园旁边的沙金山上去俯瞰她。沙金山并不高,但她是小镇人们最喜欢去的一个场所:平时的健身和周末的放松身心。如果你顺着我的脚步一起慢慢地走到观海台上,目光平视向着右前方,你就会看到象山港里的海。海天相接,灰沉沉的,不像我们所说的蔚蓝色的一片。但是,她雄浑地安静着。只要你静静地聆听,就可以听到她奔腾的内心。是的,就像有些人不动声色下的静水深流。

等你欣赏完这幅壮美的海天相接的景色后,轻轻地,安静而缓慢地,请你把目光往下,再往回收。你会看到整齐的田垄和金黄色的稻田,嫩绿的青菜慵懒地在田地里打着小盹儿。然后,是一处黄墙灰瓦——咸祥庙。小镇上的人们还是和故乡的人们一样喜欢去烧烧香,让自己的心愿在烟火缭绕中飘升,然后踏实地回去,继续生活。

如果你的目光再向左下方低垂,就会看到我的校园——咸祥中学。它安卧在沙金山的怀里,像一个安静的孩子。而沙金山形态安详,又像是一个历经沧桑的老者。它看着我们在它的身边或是脚下快乐或是忧伤。

我喜欢从这个角度看我的校园,就像看我亲爱的女儿一样,充满了甜蜜。

教学楼前栽了两株高大的银杏树,矜持而又含蓄,带着自命式的源远流长,有些与众不同却又并无把握地站在那里。几年前,它们来到了我的校园,记得我教的07届的孩子们说这两棵银杏树是以前的校友赠送给母校的。

只是,它们的到来,让本来很和谐的校园有些突兀:教学楼前突然立起了两座巨大的"坟墓"。被砍掉多余的枝干后,银杏树光秃秃的,带着刺目的累累伤痕。一次在上作文课《生命的大地》时,我指着窗外的这两棵银杏树对孩子们说:"大家有没有关注过这两棵陪伴大家两年时光的银杏树呢?它们默默地看着我们成长、进步,当你走过它们的身边时,你会想些什么呢?"看着大家若有所思地望着窗外,我也将目光再次投向它们……

后来,交上来的作文里有好几个同学写到了这两棵树。他们从不同的角度写下对这两棵树的思索、感悟。再后来,毕业后的他们有人在短信里还提到了我的那堂作文课及那两棵银杏树,我觉得心底有一点温暖的东西在闪动……

最喜欢看的是云杉。在那些高大的云杉枝头上,常常停留着几只麻雀,快活地歌唱或者孤独地徘徊。有时会变成黄鹂、燕子,或是云雀。而到了夏天,又会成为蝉儿们的天下。许多时候,阳光从云杉和苍柏的树缝中洒下来,清澈透明,恍若万道金光。我常常从云杉们的身旁走过,在许多声鸟鸣中感受着时光的流逝。

其次就是同样高大的梧桐树,丰腴却不失爽利。学生寝室前有五棵葳蕤的梧桐树,树冠覆顶。尤其在夏天,浓荫遍地。一些细碎的阳光从枝叶间均匀地洒落下来,还未落到地上就已接受了蝉鸣的洗礼。这些盛年中的梧桐带着浓重的生气,裹挟着风雨中的沧桑越发壮硕了起来。这十年来,我似乎始终没有走近过这些树的生活。它们和我一样,落地生根,可是我始终都把自己看作一个异乡人。所以即便它们生机勃勃,但留给我更多的是暗淡和没落的印象。

校园里本来是有九棵梧桐的。有一年,学校因要修车棚,砍掉了三棵。枝叶凌乱地散落在地上,像一群哭泣的孩子。课堂上,我的孩子们曾以真诚的文字怀念过它们凌乱而伤痕累累的身影。而我,则带着伤感和难以言说的复杂心情欣赏着他们的文字。我似乎是在以这种方式对生活在同一方天空下的同行者表达着一种缅怀。最喜欢看的是小河边的那株,旁逸横生的样子:将自己斑驳的腰身轻轻一扭,似一个迟暮的美人轻启朱唇落寞地站在那里。黄昏来时,金色的光辉还是会将它拟作一个含羞而美丽的新娘。

学生寝室阳台的前面,有一排矮矮的铁栅栏。园丁在那里种了一些蔷薇类的植物。在阳光下,它们开得随意而绚烂,水一样地流淌着,无拘无束。四季里总有不同的小花绽放,露出怯生生的小脑袋,在铁栅栏里向外张望着。有些大胆的早已将脑袋探出了栅栏,热情地向我们打着招呼。

很怀念那时的水泥路,铺设简单,别有一番自然清新的韵味。时常有小草从细碎的水泥缝隙里钻出来,带着小心翼翼的好奇观望这个世界。少了修饰的精致与用心,多了些随意与生气。我喜欢怒放于路边草丛里的野花,或明艳,或淡雅,或狂野,或清幽,就如同这世间的芸芸众生一般,姿态各异,勇敢地以自己的方式活着。

从十月初到十二月末,整个校园就成了木芙蓉和茶花的天下了。犹记得这样一首诗:"木末芙蓉花,山中发红萼。涧户寂无人,纷纷开且落。"清幽中又有些许的寂寥，但是静美着，有着独得之乐。我日日走过它们的身畔，目光落在上面，享受着它们的那份安然，享受着这段简朴、静好的时光。

许多时候，我会同我的孩子们一起，在这样一个美丽而安静的校园里探讨着史铁生在地坛里，思考过的那三个永恒的哲学命题：生、死、活着；探讨着归有光在那间小而旧的轩中，写下与自己生命中最为重要的三个女性之间的那份情感；探讨着苏轼在赤壁面对着滔滔的长江，心中涌起的万丈豪情；探讨海子、花语、塞壬和带给于坚"在云南，我不寂寞"的樊忠慰……

冬天了，行走在这样的校园里，清冽的风吹来，似一条水蛇，顺势钻进了我的身体，又像是一场久违的相聚，与我的灵魂。

岁月的风华里，它依旧守候在那里。

东海之滨话师兄

一

师兄是大名鼎鼎的诗人,网名叫霜林晚,真名为高鹏程,五百年前我们是同一家。五百年后他成了诗人,有了一个水灵的渔家姑娘作妻子,又有了一颗晶莹剔透的珍珠——他们的掌上明珠添添。于是他成了一个彻彻底底的海港人,而他也将石浦这个天然的海港作为自己文学创作的背景。巨轮、海浪、渔家女、打鱼汉,还有那些日夜不息的海浪的轻吟与浅唱,他顺手一拾,随手放入了自己的诗作中,成就了一部《海边书》。

他比我高两届,只不过那时的名声还没有现在这么响。那时,刚入中文系后就不时听到一个叫"高鹏程"的师兄是中文系的才子,只是可惜,一年的时间中,我还没认清哪一个是"高才子",就听说他已经报名去了遥远的象山。

后来,偶然中知道了他的博客名,上去留过言,言语间充满了崇敬,好像三四次之后吧,他终于回访了我的博客,也留言道:"小老弟好,你也是从固原出来的?"

于是将错就错,我也愿意他继续将我认定为一"须眉"。也不知是我的哪一篇文章透了底,可能是那篇生活随笔《台风来了》中有关于我的一件极喜爱的裙子的描写,他才终于知道:"原来是一巾帼啊!"心中的小秘密被揭穿了,有点懊丧。

二

去年十月跟着先生单位的车子去象山石浦港和影视城游玩,想借此机会去拜访一下师兄,先是留言说我们要去,让他告知手机号,到时好联系。第二天就看到他留下的手机号。

在去象山的路上,我发了短信,没见回,又连发了两次。直到我们参观完影视城时,我才发现已经有好几条新的短信了,刚想看时,接到他的电话:"不好意思,我现在娘家'吃老酒',喝了点酒,没听到手机的声音。可能在中午时才能赶回去,你们几个人来这里?"

听他的话里,已经有了当地"土著"的语言"吃老酒",如果在我们固原的话,就叫"吃酒"。

我告诉他说我们是坐先生单位的车来的,共来了三辆大巴,我们一家来了三个大人,一个小孩。当时不知他为何问有几人来了,我也只是照实这样说了。

在石浦渔港时,依依一下子就跳了起来:"呀,这就是大海啊?"语气里除了惊喜还有一份疑惑。我也是第一次这么近距离地看着大海。那些印象中蔚蓝色的大海,此刻,它就安静地躺在我们眼前的不远处,像个不安的小孩子一样,有些羞涩。向远处望去,天海相连,茫茫一片,分不清哪个是天,哪个是海。

我们同许多人一样,在大海面前,像个孩子,叫着喊着笑着跑着跳着,是一种真正的舒展。

依依只穿着一件小裤头在海浪中嬉戏玩闹，我拉着她迎着一排又一排的海浪冲过去，然后大声"啊啊"地叫着，等着白色的浪花快冲到我们跟前时，我们才往回跑，浪头追着我们，一会儿就追上了。我挽得高高的裤脚也一次又一次地被打湿了。

海水暖得就像小时候躺过的高高的麦垛，还多了一份润润的滑滑的酥痒感。特别是当海浪冲过自己的脚下时，脚底的细沙一小块一小块地溜掉，像风在脚底徘徊，又像是鱼儿在下面游走，或是蚂蚁轻轻地在你脚下散步……真不知该如何形容那种感觉。等到细沙快要溜完时，就会有一种世界一下子塌了一截之感，顿时，人会惶恐、惊惧、不知所措，甚至是无能为力。

也许这就是人类面临危机时那种真实的恐慌吧。

在海滩上，妈妈和先生在不远处捡着小贝壳，我和依依捡了没几个，便没了耐心，开始画一个又一个大大的人脸，或是写阿拉伯数字。依依饶有趣味地写着，画着。我不时给她拍一两张照片，想把她儿时快乐的笑脸定格在镜头里。

直到我们玩得差不多了，我才给师兄发了短信说我们已在中国渔村。

他回短信说一会儿就到，让我在附近等着。

没过多久，师兄出现在我的面前，他的旁边还有他的妻子和小添添，一个腼腆的小姑娘。

在海滩上，我们边走边聊，知道他的老泰山就是这个渔村的村主任，也是有名的船老大。他的妻，这位渔家姑娘皮肤黝黑，眉发浓密。听说话，倒有些北方女子的豪爽。

大约谈了二十分钟吧，我们一看时间早过四点了，于是挥手告别。

后来，我们在回来的车上看到了他发过来的信息：这次匆匆别过，好在机会很多,下次来住几天,我带你们玩。

三

还以为这样的机会不会很快就来,没想到,市里的新课程培训安排在象山的滨海中学里进行,只是时间安排得不好,是元月三十日到二月一日,临近放假的时候,许多人都忙着回家,心也早就不在这里了。更没想到的是,一场罕见的大雪突降南方,让很难见到雪的南方人蒙了!

这场刚开始给宁波人带来惊喜的飘飘扬扬的大雪让整个中国走进了一场众志成城的"抗雪灾"战役中。

新学期伊始,新课程培训的计划还是没有变。

等一切手续办好后,我才给师兄发了短信:我在象山开会,你在象山吗?

师兄说他已回石浦,让我开完会后去石浦玩。

两天的会开完,已是周日的十一点,我随几个同事饭也没吃就想回宁波了。我给师兄发了短信说不去他那里了,直接坐车回宁波。一会儿师兄的短信就回过来了:还是来吧,我这里还有好几个老乡呢,介绍你们认识认识。

斟酌再三,我决定还是去石浦了。有些不舍同事老公在横山码头家里做的一桌海鲜,只好对同事表示歉意了。

一路上,不时会接到师兄的短信,都是关于怎么坐车,到哪里找他之类的。

后来,终于来到了他家,房子很大,特别是四楼的阳光房,宽大敞亮,在上面吹着习习的海风,欣赏着夕阳下的大海,那是一件多么惬意的事啊!

本来想当晚就赶回学校的,第二天还有早读呢。经过师兄一家的再三挽留,决定就在这真正的海边留宿一夜了。

晚饭是在喜相逢饭店里吃,到场的有姓柳的老乡一家。这位柳兄,个子不高,话不多,人很朴实,就像固原什字的许多人一样。在石浦海边,两位带着我欣赏渔港的风景时,师兄的"宝贝珍珠"——女儿添添睡着了,我抱了一小会儿后,柳兄就抱了过去,高一脚低一脚地走着,还不让师兄抱,一再地说:"我抱,我抱,没关系!"

同在的还有胡建设一家,他也同师兄一样,成了当地"土著"的女婿,只是不像师兄一样,一口纯正的石浦土话,已经融入到第二故乡里去了。其实我跟这位胡兄在2001年的上海火车站碰到过,还互相留过手机号,只不过从没联系过。后来,那张小小的纸条也不知丢到哪里去了。这次再见到人后,才发现他很直率,有些大大咧咧,带着鲜明的固原人的特色。

这次去最大的收获是收到师兄送的《宁波诗人作品选》,大大厚厚的两本,在扉页上题好字后,他笑着说:"只要你能提得动,你就提吧!"

"一定提得动,一定提得动!"我也笑着连声说。

在这远离故土两千多公里的东海之滨,能够遇到老乡,真是人生的一件幸事!

桃花依旧笑春风

  三月迈着轻盈的脚步来了。柳枝随着春风摆弄着自己轻柔的腰肢,像一个慵懒的少女,看了让人怜爱不已;翠绿的嫩芽儿从当初的羞涩,渐渐地也敢大方地张望这个珍贵的人间了。各种鸟儿飞来飞去,欢快地打着招呼,讨论着春游的事儿呢。人们,甩掉了厚重的冬装,似乎也一下子"苗条"了不少。

  春姑娘,你终于来了!

  忙了近一个月,一个周末也没有休息。似乎和我的孩子们一样,也早就忘记了什么是"休息"二字了,直到上周六陪他们高考听力测验结束回到家,依依欢快地迎上来,上下左右地亲我的脸时,才感到身心俱疲。

  唉,真累呀!

  校园旁边的沙金山,是我常去的一个地方。但这一个月来,我似乎没有光顾过她了。一直喜爱着她的秀气和恬静,让我在繁忙的教学生涯里还有一处可以安放精神的场所。曾经,在我的笔下,她身上的那两棵松树,与我日日相望,像故人一样,分享着我的快乐烦忧。那苍苍松柏成为我的无声的知音,他们明白这些年来,我是如何一步步地适应着这个沿海小镇"鸟语花香"般的方言,如何一步步地习惯那重重的咸腥味,如何让一个习惯面食的肠胃习惯了粗粝的粳米……

哦，似乎终于适应了。但是，我似乎一直在拒绝着、排斥着与这里的一切亲近的机会，尤其是方言。不知为何，我似乎天生对本地的方言有一种抗拒，或许是因为它太"硬"了；又或许是，为了听懂它，我曾闹出好多笑话。直到有一天，一个姓杨的同事说，你拒绝说我们"土话"，似乎是怕丢掉自己的"根"吧！

我一惊：真是这样吗？

不久前，一个同事相邀去看桃花。顺着校门前的小路直行，约一百米的地方，向右拐，再往前行，走了一小会儿，望着一个斜开的大门，我对同事说："这是顾老师的家吧？"

同事笑笑说："不是，应该是前面的。"

我半信半疑。自己的记忆力，现在，似乎是越来越差了。所以许多时候，我都是不敢肯定的。

顾常平，那个面色红润，有着爽朗笑声和生活情调的长者，以他的儒雅博学赢得了多少学生和我们这些后辈们的敬仰。半年前，他调到了市里。在新的环境，顾老师似乎忙了许多。他的博客也不常更新了，不像以前，每天几乎都会写上几句。

不过，我们还是常会到彼此的博客里"踩踩"，稍作问候。而我需要向顾老师学习的东西实在是太多了。他的诙谐，他的气度，还有从骨子里透出来的那份恬淡与对生活的知足，常常在他的散文里流露出来。特别是一些宁波老话，常常从他的笔下，像涓涓流水一样不断流淌出来，好像永远不会干涸。一个宁波臭冬瓜，在顾老师的笔下，似乎看起来就已是人间美食了。

记得一次雨后顾老师给我打了个电话，说是在报纸上看到我写的文章，感觉不错。顾老师所提的那篇文章应该是《九月食蟹趣谈》吧。很不好意思，其中的很多写法都是我从顾老师那儿"偷学"的呢。不过，听到他的肯定，还是觉得很高兴。一直不知道，在他的笔下，那一块菜田在哪里，想去摸几根青瓜来吃吃。自他搬走后,估计这再也不可能了。

再往前走,过了几户人家,一个同事指指,说,"看,桃花!"

我们几人也一起顺着他手所指的方向望去,只见一片青山暮霭环绕,但没有什么桃花呀。正疑惑间,一个性急的女同事说:"怎么看不到呀?"经过指点,我才知道,是我没找到准确的位置。往下看,就在不远处的山脚下,一片盛开着的桃花林如一群粉色的仙子一样,张开盈盈的笑脸迎接着我们。

呀,这么大片的桃林,我竟然从不知道。当我说我从未来过这里时,几个去年刚工作的老师很惊讶:"不会吧?你来几年了?连这儿也没来过?"

我有些不好意思地回答:"来了十年了。不过周围许多地方都没去过,除了沙金山和横山码头……"

在粉色的桃花丛中,我们将自己今春的第一缕笑容全部绽放出来,里面有喜悦,也有对生活的感恩,更有对未来幸福生活的向往。

忽然想起了那首著名的古诗来:"去年今日此门中,人面桃花相映红。人面不知何处去,桃花依旧笑春风。"这首流传千古的诗作,里面流露出的惆怅与忧伤,让我原本快乐的心,也多了一份苦涩……

石榴花开

一

月考监考时无意中朝窗外望了望,发现南墙边的一株石榴花开了。橘红的花瓣和花骨朵在初夏的微风里摇曳着。云雀发出"咕咕"的叫声,急促而欢快,似乎在呼朋引伴,让它们也一同来欣赏这迷人的五月天吧?

这株石榴树是我今天第一次发现的。校园里有十几棵石榴树,大都是在高三教学楼东侧,靠近东墙的地方。果树不高,却精神饱满。每年的秋天,每棵树上都挂着几颗小小的石榴,咧开嘴巴害羞地笑着。那时,我当班主任,我的好朋友兼同事阿美也是。每天课间操的时候,我们一起去操场看孩子们做操。路过石榴树时,我总会放慢脚步,看看那些小小的石榴。它们一天天地红艳起来,也一天天地减少。看着树叶一天天地凋零,就像看着我们的年华一天天地逝去一样。

自己不做班主任时,那条路就几乎不再走了。但我和阿美仍然是"步友"。我们每天去爬校园旁边的沙金山。一趟下来,约有四十分钟,人会微微地出些小汗。我们边走边聊。话题可真多呀!有旅游,有读书,有课堂,有学生,有教育,也有心情。许多时光里,我们彼此相伴,彼此欣赏。

南墙的石榴树旁有两株郁郁葱葱的树。稍一辨认,才发现它们就是校园里年年在四月天里怒放的樱花。后面是几株高大葳蕤的云杉。冬天,它们光秃秃的样子,让我倍觉亲切。因为在我故乡的冬天里,除了松树,其他的树,都是光秃秃的。所以,我会趁没人注意时抚摸它们粗糙的树干,像在抚摸遥远的故乡。

另一侧是高过两层楼的夹竹桃。在故乡,它们都是养在花盆里被人精心伺候的。记得小时候,爸爸从城里带来了好多花草。他太喜欢这些东西,就像喜欢书法、绘画和音乐一样。这些娇嫩的花草需要浇水、上肥、端进端出。冬天里的一场小小的风雪就会让所有的花草全都冻死。爸爸若是看到这场景便会发脾气,家里的气氛好似凝固了一般。

两座蘑菇亭伫立在不远处的草地上。顶上的黑斑是岁月的伤口。课余时间,学生们总爱坐在里面小憩,或是在谈论学习。柱子上有副对联,我们每天都经过这里,但似乎谁也没有认真地看过。

夹竹桃的旁边,是一片竹林。五月末的竹叶,不像四月里那样青翠,而是有一种沧桑的、黯淡的色泽。春天的竹笋特别好吃。有人竟然看到食堂的阿姨们在竹林里挖了半三轮车的竹笋,正吃力地往食堂里骑呢。前几天,和阿美、小范三个人一起也去竹林里挖竹笋。这是我第一次这么近距离地打量它们,当然也是第一次在这个地方挖竹笋。不经意间我竟然发现了一大丛的野葱,径自激动地叫了起来。但是,她们两个都说我弄错了,这不是野葱。我择了一小截,放嘴里尝尝,果然没有香辣味儿,倒是有一股说不出的苦涩味儿,只好在她们的哄笑里,讪讪地扔了……

二

记得第一次吃石榴时,应该是在小学一年级吧。爸爸从城里带来的一只大石榴,妈妈把皮儿轻轻地剥开,虔诚地一粒一粒地掰下来分给每个人。弟弟分得最多,我们姐妹几个自然没话说,妈妈每次分东西都是如此,而爸爸不是。

邻居大妈家的大女儿叫石榴,已出嫁。我们称她为"大姐"。大妈共有五个女儿,其他的几个叫桂花、菊花、玉莲、玉蓉。诚然,在故乡干旱的土地上,并没有这么多美丽的花朵,多的是杏花、桃花和枣花,还有杨花和柳花。不识字的大妈给自己的五个女儿起的名字个个美好。但她却没有机会见到外面的世界以及同女儿们的名字一样美好的花儿……

三

据传,石榴是西汉张骞出使西域时,从安石国(今伊朗附近)引入,故旧时又名"安石榴"、"海石榴"。张华《博物志》里说:"汉张骞出使西域,得涂林安石国榴种以归,故名安石榴。"国人视石榴为吉祥之物,是多子多福的象征。古人称石榴"千房同膜,千子如一"。民间婚嫁之时,常于新房案头或他处置放切开果皮、露出浆果的石榴,亦有以石榴相赠祝吉者的习俗。常见的吉利画有《榴开百子》《三多》《华封三祝》《多子多福》等。

关于石榴的典故,除了张骞,还有就是江淹,因为他写有著名的《石榴赋》。另外,关于钟馗也有一说:"五月花神丑钟馗,唐王不点状元魁。艾叶如旗征百服,苍蒲似剑斩妖魔。雄黄酒,饮数杯,阵阵轻风拂面吹。"每年五月是疾病最容易流行的时候,人们纷纷在端午时将钟馗画像贴于家门上用来辟邪,画中的钟馗虬须怒目,狰狞可怕,手拿宝剑,青筋暴露,是民间相传的"鬼王"。钟馗生前是个捉鬼的道士,十分正直,但性情暴烈,相传死后仍然在为人们驱妖除魔,保护人们的安全,得到越来越多人的敬仰。钟馗疾恶如仇的火样性格,再加上端午正值石榴花开,所以人们奉钟馗为五月石榴花神。

四

"浓绿万枝红一点,动人春色不须多。"这是王安石在《咏石榴花》中对透露出夏意的石榴花的描述:星星红点隐约在绿树葱茏间出现,动人的春色只需这些点缀就行了。欧阳修描绘盛开的石榴是:"绿叶晚莺啼处密,红房初日照时繁。"杜牧则爱美人簪石榴:"一朵佳人玉钗上,只疑烧却翠云鬟。"这些都是古人对石榴的赞美。

沈从文在他的《过节和观灯》一文里说到端午节的习俗除了有包粽子、悬蒲艾外,还要戴石榴花。他说戴石榴花是全国的习俗。但这种说法并不对。我的故乡就没有石榴树,也就没有这个习俗,但人们会戴香包儿。缝制香包儿是外婆和妈妈显示手艺的最佳方式之一。如今,外婆做的香包儿已是珍贵的手工艺品了……

吴冠中先生曾回忆在李村的创作:"我的画都是从生活中剪裁重组的,东家后门的石榴花移植到西家门前盛开了。"他对于绘画创作的"石榴移植"感受,也是我给孩子们讲写作时喜欢用的一个词。

王旭烽的《主义之花》里,把许多杰出的女子比作各种花儿,但没有提及石榴花,也不知是何原因。

不久前,收到了白帆诗社东琼的诗。东琼是个腼腆的孩子,而诗的题目就是"石榴花开":

它拉着春天和夏天的手

要跟我告别

穿着橙红的褶裙

嘴唇半合着

你什么都不要说

我就这样捧着你

东琼的第一份诗作虽稍显稚嫩,但语言直白,自有一股勃勃生气,正努力地向文学的纵深处走去,向生活和写作的未知处走去。

往事随风意悠悠

2015年6月18日,被誉为"民国闺秀"、"最后的才女"的张充和在美国去世,享年102岁。

消息传来时,心中如被一记重锤狠狠地击了一下。想起了与她有关的一些人、一些事……

记得两年前的九月,天气没有那么燠热难耐。周末,坐在家里,读一点小书,写点字,倒是别有一番味道。张潮说:"少年读书如隙中窥月,中年读书如庭中望月,老年读书如台上玩月,皆为阅历之浅深为所得之浅深耳。"细细一品味,觉得此言甚是。

翻阅报纸,知悉百岁老人张充和的一些近况。她平日里不仅写古体诗,偶尔也画画,而且还懂花事:"你看那菊花,开得多好!我二姐的孙女前几天送来的时候,花开得蔫蔫的。我就想起祖母当年教过我的,菊花要吃风露,才会有生气。你看我昨晚把它挪到门外吃了一夜的露水,今天就整个变样子啦!"

老人的一番话里,一个"吃"字,亲切得就像孩子吃零食一样,家常得不能再家常了,将秋菊受了风露洗礼的那种满足画了出来。

她的人生,注定是一段晕染了墨香的时光。这样的女子,注定是沿着时光的银针走过了一出旧时月色的传奇,把个人的才情隐藏在血液里抵达至另一种境界……

看到老人青年时期的照片,两个小麻花辫儿俏皮地垂在胸前,一袭素色的长旗袍下,半高跟的皮鞋。坐在一块蒲团上,左手半倚在一张木案边,右手轻轻地落在左脚上,身子稍稍右倾,目光柔和地注视着右前方,别有一番端庄的大家闺秀的韵味。

江南的中秋快到了,倒也没见风露在夜里下来。天照旧是热的,这秋老虎的威力你还是别小瞧它!故乡的中秋前后,风一旦吹起,树叶便会窸窸窣窣地密语着——早上一起来,竟然会有大半的树叶都被朔风吹落了!秋,早就在这凉意横蹿的朔风里大模大样地驻足了。

苏炜在《天涯晚笛——听张充和讲故事》一书里收录了张充和对昆曲、书画、诗词的见解。记得见过一张她年轻时唱昆曲扮相的老照片,清俊飘逸,月白风清。遗憾的是那美丽的声音只能在想象里充盈双耳了。

比较喜欢她对一些故交的评价。她说金岳霖是一个最好玩的人了。他一辈子都爱着林徽因,没有结婚。他养了一只大公鸡,最疼爱的就是他的大公鸡,经常给它喂维生素、鱼肝油等。果然是个好玩的老头儿。谈到喜欢自己的卞之琳时,张老说:"他人很好,但就是性格很不爽快,不开放,跟我完全不相像,也不相合。我永远搞不清楚他,我每一次见他都不耐烦,觉得他啰里啰唆的。"这么说来,卞之琳倒不像他的诗《断章》那样精短而意韵深长。有意思! 张老又提及名士张大千,说他豪爽,爱说爱笑,有很多女朋友。在台湾,他曾在一个女人身上画画。果然是名士做派。说到林徽因,倒是颠覆了大家心中的"女神"的地位:"林徽因,大家都喜欢她,我未必喜欢呀。在昆明的时候,她爱说话,永远是众人的中心,只要有她在,大家就得都听她的,没有别人说话的时候……"

那时就想,她可能寂寞着,那么多她的亲人和故交都早早地走了,只有她还留于这个珍贵的人间。夜晚走在路上,一抬头恰好有皓月当空,却无人共赏,些许的伤感总会有吧?

想起了在湘西凤凰古城沈从文故居里看到的一张照片。是在张家界金溪边畔,张老的姐夫沈从文先生与她的三姐张兆和,两人晚年的一张合影:沈从文蹲在溪边,一手轻轻地拨着溪水,目光迎着镜头微笑;张兆和用一只手帮丈夫理着衣领,自然得就像在家里一样,也微笑着。这张旧日的老照片,带着温暖得让人羡慕的光芒,沿着时光的隧道向我们迎面走来。

一直在想象着当初,当历时四年,以几百封的情书打动了苏州女子芳心的沈从文接到了张兆和的电报"乡下人,喝杯甜酒吧"时,不知有多少惊喜?在1933年9月北平中央公园的水榭举行婚礼时,这个腼腆的乡下人有无酒醉呢?我只知道,他是有些微微的得意的。难怪他会欣慰地说:"我行过许多地方的桥,看过许多次数的云,喝过许多种类的酒,却只爱过一个正当最好年龄的人。"

那些美好的人同好文字一样,带着尘世间的暖意和恬淡的美好,他们注定不该被遗忘,也不该被错过。就像这苍穹间的明月,无论是快到中秋的圆月,还是夕月一弯,都淡若清梦,守望大地,注视着似水流年的随风往事意悠悠……

我的二〇〇七

2007年的星空即将从我的指尖像一条鱼儿一样游走,轻快而坚定,优美而沉静。我内心的一条河流也在寻觅中不断地壮大与丰盈。只是我不知,还有多少美丽的文字可以让我的诗篇与沉思不再苍白,不再单薄。

岁月的风吹过我们每一个人的肌肤,也吹过许多人的灵魂。奋进的继续奋进,沉沦的继续沉沦。簌簌的自穹而来的那些风声,带给我的不光有来自故乡寒冬里的片片雪花与亲朋好友的消息,也将江南初冬的阴冷一并吹进我的体内。有时候啊,风声清洁而充满了一种力度,让人反而清醒。

2007年,我清点着自己的得失,才发现我的世界里的风声悄然静默,如一棵沧桑的老树。还好,它还是清醒的。这就好,我对自己说。

第一件事,是我参加了由新纪元教育集团组织的"首届全国语文教师师魂作文大赛"。这个消息是先生从他们校园网上得来的,他让我先网上报名,然后再按照大赛的规定上传文章。我找到网页后发现这个大赛在全国总共设了十个赛区,共分三轮比赛,由网上投票和专家评定的综合成绩来得出结果。

第一轮比赛的题目是"车站"和"美好的故事",我选择的是"车站"。多少年来我几乎每年都会在老家与现在所居的城市间奔走,而车站就成为一个必不可少的纽带。所以我毫不犹豫地选择了这个题目。接下来就是选择哪一种体裁的问题了。哪一种文体才能更好地表达出我对车站的真切感受呢?

终于还是决定选择诗歌。一直喜欢着诗歌,记得初次发表的就是两首小诗。多年来,我一直没有放弃对诗的欣赏与热爱。最终,我选择了以"车站"为题的四首小诗作为组诗,发了出去。过了很长一段日子,大赛组委会发来了通知,说我已经进入了第二轮比赛。回去告诉妈妈和先生,他们都很高兴。第二轮比赛的题目是"前方"和"影子",也是任意选择一题,但规定不能写诗歌。我想,可能诗歌在当今许多人眼中是有些曲高和寡的吧?

最终选择写了散文《前方是什么》。写完初稿只用了两个多小时,但总觉得还是有些不尽如人意的地方。后来幸得一位故人的帮忙修改后才发了过去,经过多日的投票和专家的点评后,当收到从大赛组委会发来的二等奖的证书时,一种无法抑制住的喜悦涌上心头,但些许还留有点失望。

通过这次参赛的过程,我体会到了作为语文老师以自己的笔写下对生活的感触总有些"眼高手低"的感觉。看来,要想让学生写好作文,我们语文老师首先必须自己有写作的底子才对啊。

在 2007 年的每一天,我坚持着阅读的习惯。在这些纯文学作品中,我感受着真善美的同时,也体悟着苦难带给人心灵上的震撼,而我的悲悯情怀也会在自己的文字里流露出来。

一直捧着一本《行走在大神中间》,作者张讴是央视第一任驻印度首席记者。他用轻松幽默和细腻生动的文字记录了自己在印度长达 5 年的游历和生活。他沿着当年玄奘西天取经的路线一路走,一路寻找昔日《大唐西域记》里所记载的寺庙与古迹,这是我所喜欢的。对于许多中国人来说,没有任何信仰似乎是一件可悲的事情。于是,海子才会不远万里从西藏背回两块大大的石头。我喜欢着这个渴望送给所有人幸福的人和他的诗。

还有一个就是郭文斌老师的小说《吉祥如意》和《一片荞麦》,在《人民文学》上刊发，当我看到他的名字时，多少有些久违之感。在大学期间，我写的诗歌就是他刊发的。后来，他还到我们宿舍里找我，只可惜，当时我回家去了。晚上回学校后，同宿舍的人说起时，我当初的那份兴奋到现在还记得。参加工作后，我也发了一些小诗，也是郭老师刊发的。三年后，我到了宁波，偶尔也写写诗，发在《六盘山》上，后来就慢慢地淡了下来……

在这期间，郭老师调到了宁夏首府银川，任《黄河文学》杂志的主编，给我邮来了当期的杂志和他的名片，还夹有一封短信：

丽娜：

你好！

几篇学生的作文没有通过，今年校园文学压缩了。你自己若有大作请支持我。

非常想念你们！

文斌

2002年8月

后来，我自己结婚生子，家庭的琐事迎面而来，诗歌已不怎么写了，与郭老师的联系也慢慢少了。直到今年三月初，一次在整理以前的东西时，才看到了那张名片，试着给郭老师打了电话，竟然通了！

他跟我聊了一些生活方面的事，我也对他说自己经常会在《上海文学》《小说月报》《小说选刊》《人民文学》《作品与争鸣》等杂志上看到他的大作。我还知道他的短篇小说《吉祥如意》在荣获"人民文学奖"的同时，又荣获了"小说选刊奖"短篇第一名和第四届鲁迅文学奖。对于我来说，郭老师有知遇之恩，但是很愧疚，我在文学这条路上渐渐地停了下来，只是偶尔才会写下对生活的点滴感悟。

另外一件我觉得是我2007年收获最大的事情,那就是参加了老同学十年聚会。对于上个世纪90年代毕业的我们来说,十年中有沧桑,有泪水,有喜悦,有痛苦,但不变的是那份同学之情。我们97届中文系的48位同学来了30位。大家见了面,都在感慨时光的飞逝和容颜的变化,然后就聊起各自的伴侣和孩子,还有这十年来彼此的变化。

印象最深的就是同学赵春霞。她是个沉默的人,那天喝了点酒后说:"大家知道我平时不怎么说话的,但今天我很高兴,是真的高兴。我想说:我爱大家!"掌声响起,作为主持人的当年的老班长说:"大家都不容易!我们作为'主办方'不容易,大家能来,也不容易啊!"我们的心全部沉浸在酒杯里,在舞步里,在一个同学的《只要你过得比我好》的歌声里……

2007年就要离我远去了,除了这点文字,我一直审视着我自己的生活和心灵。2007年的我不后悔,2007年的我有关于生的深思,有关于活着的体悟,有友谊的陪伴,更有亲情的思念……

面对我的2007,我只好挥挥衣袖,和它作别。在2007年的最后几天里,我仍然在等待一场纷纷扬扬的大雪自天而降,让这飘飞的大雪带给我埋藏在星空下的幸福。在大雪纷飞中,让幸福的光芒笼罩我身边的每一个人……

寻找一些光影和流年

一

此刻,是 2010 年 11 月一个普通的午后。外面,阳光正缓缓流泻着,恬静、清澈。校园假山旁的那株木芙蓉开得正艳,红花白花相间,只见摇曳生姿,不见含蓄婉约。而甬道旁几株高大葳蕤的梧桐,叶子都垂着头,静静地思索着什么似的。脚下,是许多金黄的落叶,踩上去,发出簌簌的令人心醉的声音……

想起了十年前的八月,那个盛夏。一列南下的火车上,一个女子带着兴奋与激动的心情,让一些故乡的影子远远地留在了背后。那时,她只带着一种初次外出远门的懵懂,却怎么也没有想到,最后会在一个与蝴蝶和梁祝有关的地方停下了流浪的脚步。从此,这块温厚深广的大地成了她栖息、发芽、开花、结果的院子。

初次踏上"古堇大地"是惶恐的:我指的是语言和饮食。

语言上我一直用"鸟语花香"来形容——那是真正的什么也听不懂,它有着雄壮的音乐的旋律,语速急促而有力,声音高亢,情绪激昂,有些中年妇女可以不换气说很长的话,我暗地里想:如果练美声的话,倒是有不错的底子。

> 他在长长的餐桌前吃自己的一份
> 带鱼丝、糟虾和各种贝壳组成的食谱
> 折磨着一只北方的胃
> 带着浓重海腥味的越地俚语
> 和难以消化的人际关系

这是我的师兄、诗人高鹏程在他的长诗《流转》中的诗句。这是他长达十五年的海岛蹉跎生活的写照,也仿佛是当初自己的一些难以泯灭的生活缩影。

那些苦闷而孤独的日子里,我像一个"哑巴"和"聋子"。直到几年之后,我才慢慢地能听得懂一些简单的方言,也开始偶尔冒出一两个最常用的词语,被他人善意地笑着提醒着时,才觉得自己"异乡人"的身份不再那么明显。

二

董桥先生说:"文化不光是藏在四书五经里,《大人》《大成》里也有。我非常喜欢那个卖破烂的老头堆了一地的旧时月色。"

而作为鄞州"土著"的张全民老师,以他的儒雅谦逊和博学,让一个个学子在他的课堂上如沐春风;以他的优美雅致的美文,让马思聪的《思乡曲》、瞎子阿炳的《二泉映月》中汩汩流动的美妙旋律成为另一种音乐,流淌在鄞州这块古老而深厚的大地上。那些江南水乡的潺潺溪水、黑瓦白砖的马头墙、蒙蒙的细雨和故乡儿时的回忆……都成了他笔下别样的风情与怀旧的主色调。

可以说他是我行走在江南,生活在鄞州,重新能拿起笔来写字的过程中对我影响最大的人了。

还记得那是2007年6月的某一个黄昏。他的一篇《行走在消逝中》的下水文,让我重新拿起笔来,抒写下自己对生活最真的情怀。

> 看到了一位同行前辈写的同名高考作文,心中的那根弦就被弹响了,在我的心底响起了回音。这声音如空谷幽兰般,在那些流逝岁月的纵深处向我微笑而来,如同一位多年不见的老友,久远而亲切。
>
> 如今,我站在这块葱郁得发亮的红色土地上,满眼是逼人的绿。但我的目光却越过了五千里外的崇山峻岭,越过了两千多个日日夜夜的思念,一下子就投向了那方响过金戈铁马、刀枪剑鸣的古战场。那里曾经有过秦皇汉武的雄韬武略、匈奴铁骑入主中原的梦想,那关山的月、西域的风,还在吟唱着昔日的故事。
>
> 当一切都消失了的时候,在你那长久的寂寞里,是谁,走过你那曾经雄壮的"气吞万里如虎"的伟岸身躯,再为你献上一曲悲壮的《塞上曲》?
>
> ——高丽娜《行走在消逝中》

这是一个孤独的灵魂在异乡的星空下发出的呼喊,与对故乡的怀念有关,与生命的疼痛有关,与岁月的风声有关。

还有一个是谢武稼老师。这个老而弥坚的长者,诠释着鄞州人的另一种风格:对文学的热情与执着。许多个日子里,他会来到自己工作过多年的母校,对我谈一些他最近的写作计划,并鼓励我好好写。偶尔,我会忽然看到他眉宇间依然泛着青年岁月的孤傲和激昂,带点让人感动的流年的痕迹。

顾常平老师——这个幽默风趣、面色红润的男子,在小镇的一方菜田里打理着自己的一些清晨与黄昏,而在工作之余用笔打理着自己的"缪斯之旅"。他是我的同事,也是一位令人敬重的师长。许多时候,我们总会从《鄞州日报》或《宁波晚报》上看到他的文字,质朴而风趣,充满了浓郁的生活情趣。

与我共事八年后,他于两年前调到了别的学校。忙碌的工作让他无暇再光顾文字。每次当我的文章发表在《鄞州日报》或《宁波晚报》上时,他总是打电话来和我交流读后感。在大嵩江畔,在沙金山旁,接到这样的电话,总是让人感动的,那是一个长者对一个晚辈的关心与期望。

一直以为在经济发达、物质丰厚的环境下,鄞州是没有多少文化内涵的。直到这样的一批人出现,才让我看懂鄞州,这片我依然生活着、热爱着的土地。

三

这里,请允许我再提及一座小镇。我一直把它称为"我的小镇",从几年前开始。这个盛产马鲛鱼、腌咸蟹的小镇,在十年前以"晒盐场"的热忱容纳了一个北方女子行走的脚步,却以"鸟语花香"的方言让一个北方人变成"聋子"、"哑巴"。

是的,我生活在这里,这个叫"咸祥"的小镇。十年了,我不得不爱它。

在这十年的光阴里,我跨过华美而光洁的青春走进了持重而思索的中年时期。这些,是一个人生活的沉淀。

一路走来,有《诗选刊》《六盘山》《文学港》《宁波日报》《固原日报》《宁波晚报》《梁祝》《鄞州日报》《象山港》等相伴随。这一路上,我在寻找一些光影和流年。

想起了我在故乡那些写诗的日子,那些与青春、爱情有关的时光,有阳光、雨露、泪水和忧伤,但这也是生命的痕迹。

  还记得诗人索德格朗说:"我对万物只有一个词,那就是热爱。"

  对于这块生活了十年的古董大地,我除了热爱,只有感恩。

教育,就是追逐梦想的过程

一、迷茫

"我想要怒放的生命,就像飞翔在辽阔天空。"

我喜欢汪峰声音里那种声嘶力竭般的呐喊和对生命、梦想的渴望。多久了,我不再想起这些曾经令我热血沸腾的歌词。

"只要勇于有梦,敢于追梦,勤于圆梦,我们就永远年轻!千万不要动不动就说自己老了,错误引导自己!年轻就是力量,有梦就有未来!"这是德裔美籍作家塞缪尔·厄尔曼 70 多年前写的一篇只有四百多字的短文《年轻》里的话。据说这篇短文首次在美国发表的时候,曾引起全美国轰动:成千上万的读者把上述这句话抄下来当作座右铭收藏,许多中老年人把它作为安排后半生的精神支柱。

初读到它的时候,我刚刚评上高级职称。周围的人除了恭喜之外,都说我可以等着退休养老了。中年的气象,似扑面而来的繁花一般,美好却让人喘不过气来。退休,这个遥远的词语,也像一个远方的朋友一样,向我招手;然后,等我老态龙钟地走过去,成为它的俘虏。

是的,我应如何面对接下来的时光呢?

麦子,本名熊芳芳,是个优秀的语文老师。我常常去她的博客里,阅读她的生活点滴和对语文教学的思考。我发现她是一个虔诚的基督教徒,爱祈祷,带着一颗善良而美好的心。在那段我迷茫的日子里,她的文字、她那鲜活的教学设计让我看到她那颗别致而渴望有"沸腾生活"的心。而这些温暖的文字,似乎也激活了我内心深处的一些东西。

直到一篇小小的文章惊醒了我。

两年须臾 气息不朽

309班 冯坡

回想起那段青春的路程,是温馨的,荣耀的,刻骨铭心的。我们相逢的那段路程,你提着灯,我借你的光前行,你为我瘦削的肩膀披上你的斗篷,指引着我前行。

这两年相处的时间很短,像是须臾。我所熟知的高高,或许只是你生活、工作的冰山一角,你是个蕴藏太多太多"传奇"的女子,像是一本无尽连载的小说,永远都有下个惊喜,又像是一部古代典籍,饱含质朴、端庄的古典东方韵味。不,你又那么风趣,是与枯燥的文言文相悖的。两年的光阴虽短,但我的脑海里深深地镌刻了一个真切细腻的你。

关于你的课堂,在我看来,是让心灵旅行的窗户。在第一节语文课上,你就向我们讲述了那个叫苏菲的女孩的故事。后来,《妞妞,一个父亲的札记》《走吧,张小砚》以及你最爱的三毛系列和伊朗电影《小鞋子》等等这些艺术作品进入了我们的世界,贯穿古今,没有国别,不分形式。它们就像是一渠渠滋润生命的清泉,交汇,相融,贯穿在我们的心底,席卷着我们炙热的胸膛。

最喜欢上的便是你的作文课,即便你在每次作文讲义上将我的名字打成"冯坡",引来周围同学的调侃。作文课上,你讲得不多,更多的是让我们欣赏和自由发言。班级里总有那么几个同学,每次争先恐后地发言。他们会欣赏,会批判,激烈时像是一场辩论赛。文学史在批判中发展,我们的文学修养也在辩论中生长。作文课又绝不会缺乏幽默,记得那一次你表扬班级一位同学的作文题目"但,请把世界看得善良些",你刻意强调逗号的妙用,反复地夸赞"这逗号用得多好啊!"那时的你,那么风趣。

高高对于我来说,不只是师长,更是我的忠实读者,给我鼓掌的人。

这些便是你给予我的,给予我的爱,给予我的温度,给予我眼眶沸腾的理由,给予我两年独特的记忆。

这些,我都会在心中,好好保存。

呵,我是多么富有,当收到这样的文字时。当这样的热情和信任出现在我的眼前时,我突然发现自己的自私:怎么可以如此对待以后的时光,以这种苍老的心态?我暗暗下定决心,不能就这么等待"退休",还得做些什么才好……

二、追逐

王开东说:"教育,就是一场相遇。与学生相遇,与一本书、一个人、一个文本、一种解读、一种情感、一种思想猝然相遇。"

是的,同他们的相识相遇本身就是一种思想的猝然碰撞和升华。

第一个是我的师父,他叫袁湛江。一次,去他学校听他上《我心归去》。他和孩子们一起朗读课文，在文字里完整地享受阅读的快乐时，我才恍然发觉，自己在教课时对文本进行了支离破碎的分析，还少了最基本的"读"。当师生都在静静地诵读中感受文字之美时，那么，文本才会真正地进入课堂与人的心中。我们浮躁地参考着各种教辅，带着孩子们一次又一次地进入各种考题中，使他们慢慢厌恶我们美丽的语言和文字。我也厌恶自己每天都让他们过得不快乐。

师父就如同一场绵绵细雨，引领着我走向语文课堂的本真之处。

第二个是肖培东老师。在课堂上，他对语文的爱，他的坚忍、温暖和悲悯，像一串串晶莹的珍珠，滋润着学生们纯真的心灵。

记得在那篇《碧波深处的一声声"咩——"》里我有这样的描述：

> 哦，请原谅我笨拙的手和笔，记不下课堂上那些美好光洁而充满温暖的文字。但是，我知道，他一点一点地走进了2013年秋天浙师大附中的课堂里，他的明净和年轻从某种程度上改变了我对特级教师的理解。他那温暖的充满力量的文字又从某种程度上增添了我对一个语文人的敬仰之情。

这些年来，我和许多老师一样时常处于迷茫中，大多数都是一种深山竹笋式的自由生长状态，野生而茂盛，带着一股乡野自然而凌厉的风，缺少一些正规的修剪。是的，我们也曾在寻找方向，也知道该紧紧地握住梦想的翅膀。但是，最终，我们好像还是在时光银针的旋转中迷失了心灵的家园，迷失了语文的方向……直到遇上了这几位前辈。

三、怒放

璐楠在她的《飞扬与落寞》一文中说:

  高中三年,我一直很庆幸自己遇到了一位伯乐,虽然我不是一匹汗血宝马,但我深知被人肯定所带来的动力。在高二分班后的那个学期初,朋友对我陈述了一句话,是一句极其普通的话却深深震撼了我。他说,小T(一位热爱写作却总是被老师忽略的同学)终于遇到了一位欣赏她的老师,她可开心了。

  而我想说,有这样一位用文字交流的老师,我确实很开心。很多时候,再多的接触玩乐都比不上文字中所传达的情感。

磊娜在她的文章《关于高高》里说:

  孩子,是高高对我们的爱称,她是这么说的,也是这么做的。在她眼里,我们都是孩子,都是有着自己独特的思想和个性的孩子。

  还记得课堂的诗歌讲座,还记得作文课上那些感性的句子,那些朴实的孩子努力地表达他们的思想的画面。高高是聪明的,她从不避讳我们的锋芒,甚至尽可能地让这些青春变得张扬。日复一日,年复一年,那些小小的勇气最后穿梭于各个城市,并收获着更多的自信。

一路走来,此时,我才明白,教育,就是追逐梦想的过程。最后,我想用一首小小的诗来表达我对语文、对教育的一点小小的愿望:

我追求的语文气息应该如此

有着泥土乡野干净的气息
有着大地宽容抵达的气息
有着天空辽阔澄远的气息
有着清俊男子与美丽女子芳香的气息

是月光　是星辰　是灿若处子的银河
是花朵　是蝴蝶　是湖畔四周的勿忘我
是黄昏时分一粒粒悠长的回家鸟鸣
是面对旧日发黄照片的泣不成声的追忆
是你我永远放不下的心头肉和骨中刺

热爱的时候
我们像满天孤独的星子一样孤独
受伤的时候
我们像一群沉默的羔羊一样沉默

是的,语文的醇香气息本该如此
那些打着灯笼、找着灯笼后面的风的人们
请给我们一些时间和空间
安放缓慢的脚步 美好的情怀
安放湛蓝的天空 青草的时光
安放青春的呼吸 花朵的绽放
安放轻盈的灵魂 温暖的灯

请让我们带着孩子们继续追溯

雨水阳光和大地天空的火热或沉默

饱满文字背后的气息或温暖

还有他们努力在读却怎么也读不懂的细节

我追求的语文气息就是如此

简单而执着

辑二　行走天涯

那几丛芦苇

家是在市区,单位是在一个面朝大海、春暖花开的小镇上。许多年来,我就是坐着车在这条横码线上摇过来晃过去的。这一晃,就是十年。许多熟悉的同事都慢慢地从我的视线里消失了:他们有了更好的归宿或是前途。只有我,还留守在这个小镇。

现在,就是闭着眼睛,我也可以凭着感觉说出是到了拥挤喧闹的邱隘,还是到了水汽缭绕的东钱湖;是到了狭窄但古风盎然的韩岭,还是烟火色浓浓的太平桥。再往前,就是那个出过沙耆、童第周等名人的塘溪镇了。

每个周一的清晨,城市还没有完全清醒过来时,我就坐着首班车开始向目的地出发了。往往,人还没有完全清醒过来。

这一路上,最喜欢的是东钱湖那方水域。对于从西海固来的我来说,远远的,从远远的地方开始,就会闻到那股特殊的水汽味,便一个激灵就完全清醒过来了。她就像一个前世里我熟悉的影子,一直站在那里。等待了千百年,她才终于在十年前等到了这个降生在北方的女子。

许多时候,这明净的湖泊就像一个沉睡的公主,宁静而充满诗情画意。有水鸟从湖面低低地掠过,发出低沉的鸣叫。她呈现给我的只是简单而朴素的美,让我沉下心来,真正地进入一种冥思的境界。

面对着这么一湖纯粹美好的水域,感动就会从内心深处往上升,往上升……

在靠近湖岸的地方,有几丛芦苇,整齐秀美,笑逐颜开,随风飘荡。像什么来着?对,像一段旋律!记得新疆的那个独一无二的小裁缝李娟在《我的阿勒泰》中说,芦苇音乐一般地分布在湖心,底端连着音乐一般的倒影。

我想,这或许也是在说东钱湖吧?

这些古时在《诗经》里被称为"蒹葭"的植物,像一个个亭亭玉立的南方姑娘,怀着豁达的心情在世间行走,长长的秀发在风中飘扬。

犹记得刚来宁波的头几年,在东钱湖靠近韩岭的一面,有个高大笨拙的烟囱,高约二十米,巨人一般守候在湖畔一隅。在夕阳金黄的光晕里,它静静地伫立着,像在深思些什么。丑陋的旧烟囱,是什么时候被造在这片柔美而阔大的水域边的呢?我似乎从来没想着要询问当地人。只是每当远远地从它身旁经过时,我的目光总会穿过它纵横斑驳的裂缝向更辽远的湖面望去。它似乎也会平静安宁地等候在那里,一周一次或是两次等候着一个孤独的异乡女子。

这是一个静止的过往空间里留给后人的一座雕塑、一段记忆、一个印象。

它的左后方,就是那些肩并肩、手拉手的芦苇。她们是我前世里的姐妹。如今,她们还守候在波澜起伏的湖水里,将自己的一生交给对方,不离不弃。

轻灵的芦花如音符一样散落在湖面上、草坪中。整块东钱湖仿佛在开一场盛大的音乐会,时而喧闹,时而平静。

那座古旧的烟囱前是一排排独幢别墅。红顶白墙,一座座环湖而立。那几丛芦苇就站在她们的身后,像她们长长的披肩发。只是这些别墅从来没有人住过,空荡荡的,时间久了,潮湿的水汽包裹缠绕着她们,远看时,一座座都散发出郁悒之气。

没过多久,我就发现那几幢别墅开始被拆了。先是两三座裸露着残垣断壁,在夕阳的照射下,别有一番凄凉在滚动。我难过地看着她们一点点地消失在一片片的草坪或是公路上,直到建起了环湖公路。只是,条条大路太整齐了,缺少一份自然的野趣。

再后来,对面,就建起了号称"九五之尊"的卡纳湖谷别墅群,是奢华的地中海宫廷建筑风格。据说每幢上千万,是我们这些百姓想也不敢想的。

十年来,我所熟悉的湖边的风景渐渐地消失着,只有这几团芦苇丛像遗世而独立的高人,兀自叶青絮飘。在暮色降临时分,黑暗一点点地占领着湖面,掩住了芦苇摇曳的面容,这一刹那有一种凄清的美丽。

当陶朱公与西施一起泛舟时,他们是否会想到这片波光粼粼的湖面,在多年后会让一个北方的女子心潮起伏,泪水涟涟?他们在平静相守的日子里,是否会想到,多年之后,一个北方女子以自己粗浅的内心来感受这方水域隐秘的温情?而这个女子也没有想到,在这几丛芦苇面前,她又一次变得雅致柔软了起来。是这粼粼的湖水,是这修长秀美的芦苇,是这深厚的古董大地。啊,这一刻,你不能不说,是她们给了你精神上的皈依,赠予你生活上的第二故乡。

十年来东钱湖里那丛丛的芦苇,就像一个短梦,留下了沉思与落寞。而身后,一个人的年华却已渐渐逝去,留下的是一个北方人缱绻的南方情结。

我转身离去,此刻,夜幕降临,像一声沉重的叹息,整个湖面和芦苇陡地进入了梦乡。

没人再向我告别。

帕斯卡尔说:"人是会思想的苇草。"

看到赵丽宏在《芦苇之叹》中说自己回故乡崇明岛时,看到秋风萧瑟中的芦苇,想到了自己与它们相伴的那段艰辛的青春岁月。他说:"秋风中芦花盛开,这些绵延在江滩上的银色花朵,是极为壮观的景象,它们在夕照中变成了一片金红色,犹如波涛汹涌的火海,在天地间轰轰烈烈地燃烧。"

这是一个人十年来的记忆,慢慢地就刻在了心里,有了深深的印痕。它们像是浅浅的胎记,怎么也抹不去了。

啊,又是三月,春光明媚的三月了。校园里的玉兰花又朵朵饱绽,在暮色降临的微光中,像一盏盏青白的古灯,发出幽暗而芬芳的光来。

一次安静的拜访
——访沙耆先生故居

　　这是一个阴郁的黄昏。深秋的江南小镇上,有些沉静下来的风声在赭红色的树叶间轻轻地穿过,带着簌簌的不易察觉的响动;就像我即将去的这个地方,带有不为人知的寂寞与清幽。

　　按着路人的指引,我们一行终于来到了塘溪沙村的山脚下,顺着微微上缓的小路向沙耆先生的故居走去。窄小的巷道墙上,有人用黄色的粉笔写着"沙耆故居由此进",在黑青色的砖墙上显得异常清晰。几个大大的箭头工整而醒目:先向左拐,再向右拐,最后再直行。

　　正在行走间,突然发现左手边的一行字:"沙家五杰故居"。看看时间,只好带着遗憾继续前行。大约十几米的距离吧,就看到了一座颇有气势的院落:精致的石刻门楼,古香古色的青石地雕,典型的旧时江南院落。它独门独院,前有中式宅门,中有通天接地的天井,后有四面围合的青山,两层小楼隐于树木之中。走近一看,门上刻着大大的两个字:"黎斋",名字取自孔子及其弟子的传说。听人介绍说,1927 年,沙父将旧宅翻新,题为现在这个名字。进入院落,就发现墙壁上有许多或红或黑的笔迹:有些是工整的楷书,有些是简洁的英文,还有就是一些热情挥洒的画作……

听着管老伯和谢武稼老师一起交谈着，我轻轻地抚摸着这些生命中的印记，似乎听到了一个人内心的狂潮与翻滚——他有多少的忧伤与心碎呢？

这些挥洒在墙壁上的英文与汉字，还有这匹激情奔腾的骏马，是那时，您内心最真诚的呐喊，还是您在对一个人的思念里将无数个漫长的寂寥的夜晚分割成了这一个个黑色的毛笔字？所以，这院子里青砖砌成的墙壁，成了您另一张画纸吧！这燃烧着的思念之火，像要冲破一切现实中的束缚。

多年之后，我在这面墙壁上轻轻地抚摸着您留下的这些痕迹，心在微微地疼痛着……

是的，就是在"我是神，我是上帝"这样清晰的字前，我一次又一次用目光抚摸着，带着温热的心。

一幢不大的房屋里，正面就是一块匾："为民族而艺术"。端正的字迹，是先生当时写在一张画作上的。这鲜红的字将整个房屋照得光亮，带着伟大与光辉。画作《倒挂的公鸡》，让人看到了一位画家内心针刺般的痛苦。先生说，他就是这只倒挂的公鸡……

顺着一条一米多宽的木楼梯向上走，迎面遇到一个儒雅的中年男子。他冲我微微一笑，有着一股不易察觉的温暖。我也回敬笑意。脚下的楼梯，发出沉闷的钝响，像一位年岁已高的老者，有着深厚的阅历，会把人引向另一个深度去。

《板壁上的油画》是谢武稼老师送给我的他写的一本书。好像第一次听到沙耆先生的名字，就是在这本书里吧。那时，我就想去看看沙耆故居，但总没有成行。或许许多东西需要时间的沉淀后才会有更多的酝酿与发酵，才会有更多新的感悟，那是需要更多用心的体验才能知道的。

这次，我们和谢老师及其夫人约好一起前往这里。谢老师把自己几年前写成的这本书捐赠给了故居的管理处。我在旁边，带着崇敬的目光看着这温馨的一幕，并用相机留下了这短暂而难忘的一瞬。

板壁上的九幅油画，高两米有余。画中的女子，有慵懒而眼神迷离地坐着的，有仿佛在金色沙滩上晒着太阳般闲适地躺着的，有骑在骏马上英姿飒爽地微笑着的，也有蜷曲着身体幸福地尖叫着的……其中，有一幅画是由三个不同动作、相似容貌的女子组成，她们沉浸在各自的世界里安详着，像是一个个天使。这些裸女们有着西欧文艺复兴时期"活泼、健康、旺盛"的显著特征：丰腴的体态、纯洁的神情、黝黑的长发、一双清俊的单凤眼。而那张脸则是典型的东方式的含蓄与内敛，那双眼睛里闪烁的是温情和爱恋。这是将一个人思念到滴血后才画就的呀。

这个刻在先生心底的女子，就是以这样温情脉脉的眼神看着每个前往这座院落的人。只是可惜，现在我们看到的只是一些复制品了。那些原画已经在20世纪80年代初期被一台商买走。

卧室里，有一张陈旧的大花床。这个卧室是先生与妻子新婚时住过的，后来先生回国后一直就住在这里。还有一张八仙桌放在窗前，伸出头左右张望，发现两面的墙壁和屋脊上都有一些字迹或画作，还是黑色毛笔画就的裸女和深秋山上的树。他是如何画上去的呢？是蹲在房顶上就这样忘我地画的吗？这一面面的板壁上的油画恐怕还不能真正地将先生内心对妻子的思念完全表达出来吧？此时，黄昏时分的寂寥已经在山上蔓延开来……

楼下的另一间屋子，是先生的一些照片及简介。我静静地望着他们的婚纱照，带着一股说不出的感觉。是的，就是这个女子，将一生最初的幸福赐与先生，然后又在甜蜜的分享后将先生的希望打破。于是，世界沦陷了，家没有了。十年后，心灵崩溃的画家，从此就活在了自己臆想的世界里。这里，只有那个陪伴过自己，给过自己最初甜蜜与幸福的女子青春的笑靥啊！当浓郁的情感一次又一次地凝然于心后，他决定把心中的"她"画出来。他的妻子，是一个气质高雅的女子。她把甜蜜给了他,在那样一个特殊的年代里,又把绝望给了他。而在另一张照片上,是先生父亲的画作。细腻而温婉,是典型的中国画,有深厚的功底,可见其家学之厚。

在这样安静的时光里,静静地品味着一个人的孤独与痛苦。他,似乎是安静地躺在另一张床上。可敬的沙村人在先生最为困顿之时,给予了他最温暖的关怀:有人送饭,有人打扫卫生。

管理员是一个五十岁左右的汉子。敦实的身子,黧黑的面孔,一口的方言。听着同去的谢老师向他介绍着我,他冲我一笑,也同样带有尊重。等到他说要关门了,我才恋恋不舍地走出了这个令我会怀念和品味很久的院子。

夏日游慧日禅寺

记得十年前有个学生叫意萍,她的文字优美,且带有一种淡淡的舒张感和说不出味道的忧伤。她们这个年纪的女孩子所特有的青春期的敏感与忧伤,常常无处可以发泄。于是,随笔就是一个很好的出口了。

某年冬日的一个午后,意萍送给我一串光洁幽绿的佛珠,说是台湾的性海法师开过光的,法师给所有的瞻岐小女孩们每人一串。佛珠像一粒粒警醒人的石子一样,温润中带有一股淡然的超脱。摸上去,倒有些微微的凉意。

想起这一个场景时,正值一个春日。小镇油然葱绿,花草葳蕤,自由而张扬,甚而是有些野性的疯狂呢!四月的小镇像是在过一场盛大的节日,把自己所有的生命张力都显示出来。

那是第一次从当地人的口中听到这个名字——慧日禅寺。没有任何熟悉的气息或是缘由,就像这陌生的江南古怪而难懂的语言一样,我内心本能地排斥着它。那时候,我不知道该带着一颗怎样的心来感受和触摸这里的一草一木。或许只是浓重的思乡之情让我没办法对这里亲近起来。

从尘封的记忆里搜索到这样的场景时,那串佛珠已不知被我藏在哪一个角落里了。它肯定还会出现在我的眼前,只是时候未到。

六月的夏日,潇潇暮雨中,带着积淀已久的向往,我开始前往慧日禅寺。

一路前行中,才发觉这一带的风景很美。

寺庙不算太大,但很幽静,树木葱郁,殿堂雄伟。听同行的人说殿堂里的古老佛像是唐代留存下来的,有着很浓郁的岁月沉淀下来的幽深而古朴的气息。这千年来时断时续的香火,已经在它身上染了一层厚厚的烟火色。寺里人并不多,有着这种雨天特有的冷清。

转到大雄宝殿前,发现有许多的鸽子在雨中微微低旋或"咕咕"轻语,走近一看,有的站在树枝上歪着脑袋打量着我们,有的在地上悠闲地啄着谷粒,还有的拖着沉重笨拙的身子在呼朋唤友。旁边不远处是两个青年男女正在用铁锹搅拌着五谷杂粮。问了后,那个男青年一脸羞涩地说:"是让天地间的万物都能感受到这五谷的气息,包括看不见的亡灵。"听他的口音,像是北方人。他说自己是河南人,从网上看到慧日禅寺,就一路过来做义工了。

"我喜欢做寺庙里的义工,安静。已经去过好几个有名的寺庙,像白马寺、卧龙寺什么的……"

"没想着找份工作什么的?"我好奇地问。

"没有。我觉得这样挺好的,舒心。"他说。

女儿欢快地用手拌起了杂粮,咯咯地笑着。

这座离我三公里左右远的寺院,在瞻岐镇东一村。听村里的老人说慧日禅寺仰仗三宝慈光、诸佛菩萨加被,所处位置又是风水宝地,拥有优美胜景,因而远近驰名。一位花白头发的老奶奶对着我们点点头说:"天晴的时候,站在寺门前的山上就能眺望到普陀山呢。"一脸虔诚与安详的她,像一尊沉静的古瓶。

慧日禅寺的前身慧日庵始建于后晋天福五年(940),距今一千多年。有游方僧喜欢幽静,遂在此结茅为庐,独身修行,这就是最早的广修寺。明朝万历年间,此地成为培德堂族人的香火庵,并易名为"慧日庵"。现在的寺院是台湾慧济寺住持性海法师幼年出家之地,经过数年的打听和实地考察后,他于上个世纪末捐赠兴建,历时四年多。

群山环抱之中的慧日禅寺依势而建、错落有致,自外而内依次为山门、放生池、观音殿、三圣殿、大雄宝殿、藏经楼、慧日讲堂,以及一眼永不干涸的龙钵泉。

一个人在寺里慢慢地走着,看到一个身材瘦削的僧人的背影,在微微细雨里舒缓地扫着小径,仿佛电影里的慢动作一样。一划一划地,步履从容,心境澄明。不知怎的,就想起了弘一法师。当年他在杭州的虎跑寺出家后,是否也这样扫过寺里的小径呢?他们都是气定神闲、内心宁静之人。是否只有这样的人,才能听见自己灵魂的呼吸声呢?

合心村处合心梦

带有深邃的目光和幽雅情态的村落对我始终是一种吸引。单单听到"合心"这个名字,就会感觉这里渗透着诗意。第一次听到她,脑海里马上就冒出了唐代白居易的《自咏五首》中的"水旱合心忧"。就像许多的江南村落一样,她秀美中带着丰盈,水汽妖娆氤氲,干旱也确实是与她无关的。她也让人想起唐代韦庄的诗作《桐庐县作》中的"潭心倒影时开合"。想起这句诗时,我正在合心村边的河畔,欣赏着河水里一些倒映着的,或古老或崭新的民居。

小河边有几个年轻的男女在洗衣服。淳朴的乡音,一听方知是安徽人。四月初的阳光是少有的灿然,竟有些初夏的感觉。欢快的交谈声伴随着小巷里的狗吠声,在中午的阳光里竟然有了不真实的感觉。问旁边站着的一个老人,是否这河埠头就是昔日合心人从水路走向宁波码头的起点,老人点着头,口里应着:"是哪!是哪!"

隔着一姚江,对面就是整齐划一的楼房,时尚中带着些许刻板。它们像一记鲜明的符号,带着浓重的城市气息,跨过姚江,扑面而来,带着宏大的汹涌的浪潮。同行的除了一个1989年出生的名叫施科的小伙子,还有一位是合心村的村主任,姓钟。他面容黝黑,干净利落,从1986年开始担任此村村主任至今。对村里的一草一木、一砖一瓦,他都熟悉得像自己身上的器官。

钟村主任介绍说,合心村地处宁波市鄞州区高桥镇东段,位于宁波市近郊,东与江北区一桥之隔,南临通途路延伸段连接杭甬高速,西与高桥镇梁祝村相邻,北与姚江接邻,交通便捷,地理条件十分优越。村子总占地面积1.1平方千米,总土地面积998亩,现有耕地780余亩,由下林和乡成两个自然村组成,总户数575户,现有总人口14000余人,外来暂住人口3500余人。

乡成原名"甲板漕",最早由一批绍兴渔民在此捕捞,他们日出而作日落而息,停留在此安家而得名。渔民们勤劳、善良、朴实,传承了一代又一代……乡成村民,由于响应政策,2004年与下林村二村合并成现今的合心村。

钟村主任介绍说,村里共有两大姓:林姓和钟姓。书记是由林姓人担任,钟姓的他担任村主任。暗暗在想,两姓人采用了"合心"作为村名,是否本身就有让村民"可心、合意"之意呢?我不得而知。就像充满诗意的名字"柳叶合心",常会让人想起古代那些美好年华的女子嫩白的长颈上被称为"璎珞"的项饰。

边走边听钟村主任热情地介绍,他说下林最早由福建莆田的祖先迁徙而来,后由下林"太公"在此开天辟地。最初以三四百亩耕田收租为生。每逢正月、清明、端午、冬至等节日,全村人会分饼过节。想想那会是怎样一个其乐融融的场景呢!他说下林村有一庵,又名"龙王堂",建于五六百年前。据说当时正逢干旱时节,为保当地风调雨顺、村民安居乐业,地方官特造此庵请龙王菩萨保佑全村每年都有好收成。如今已重修,更名为"保民寺"。

走着走着,脑海里又冒出了"比节合心皆美事,孤高殊喜不同群"这句诗。记得仿佛是宋人曹勋《咏双竹》里的诗句,叹咏的是竹子的高洁和孤独。

走过一个窄小而逼仄的小巷,是旧日时光遗留下来的青石板,带着时光斑驳的影子。钟村主任指着正对着小巷口的一处离地面约半米的几个字,用

"灵桥牌"普通话对我说,这是"泰山石敢当"。我先是没听清,等我蹲下身子,仔细看着这模糊不清的岁月深处的静默时,才激动起来:"这就是泰山石敢当?"据说,泰山石敢当有"石敢当,镇百鬼,压灾殃,官吏福,百姓康,风教盛,礼乐张"之颂,因此,它被尊为"镇宅之宝",也有厌殃、消灾、弭难、保佑平安等功能。轻轻地摸着这平生第一次见到的"泰山石敢当",我的内心波澜不已。

当我提出要看一些老房子时,钟村主任带我们来到了几处还保留着原汁原味老房子的地方。一位70多岁的林姓老奶奶张着没剩下几颗牙的干瘪的嘴无声地笑着,满脸慈祥,向我轻轻点着头。

"老人家,这村子里以前有戏台吗?"

"有啊!那戏台介大,上面有描金的回廊,还有富人家的房子,都好看着呢……"

现在,老人口中的戏台和大家族的精美建筑带着清幽的远古气息一去不复返了。但它们过去存在过,在时间中奔跑和接力,仿佛花朵,在风中传递着种子,并在不同的季节里,次第开放。

当你和我一起开始寻找那些沉淀在时光深处的音乐旋律时,它们早早地消失在了风中,只留下一些惆怅给前来寻觅它们的人。仿佛一场缥缈的梦,是一个永恒的不等式,这样的遗憾该由谁来承担呢?

走在合心村里,见到最多的是老人和小孩。钟村主任告诉我们,这些年,村子里的青壮年劳力都外出了。村里的田都被外地人承包了,外出者有的在宁波市区里打工,有的外出到别的地方打工。这和中国大地上的许多村子一样:人们总是在不断地走出故乡,又不断地把异乡当成自己的第二故乡。

穿过狭长的小巷,终于来到了这座最古老的民居建筑,据说已有近百年的历史。它是典型的晚清江南民居:两层楼,为穿斗式木构架。房屋外部的木构架部分有褐、黑、墨绿等三种颜色,与白墙、灰瓦相映。近百年的沧桑风雨后,昔日的色调不再雅素明净,却多了一份厚重的历史感。从大门进去,有较为宽敞的院落,三面环屋,住着许多林家后代。墙头的瓦檐有的脱落,有些缺角,屋顶上有稀落的小草在风中摇曳,显得有些疏离落寞。

路边横躺着一条断裂的桥,桥上的字不是太模糊,稍一辨认,就看出"起凤桥"三字。听旁边的老人说这桥碑是在"文革"期间被砸断的。如今它躺在路旁,寂寞地注视着来往忙碌的人们,冷暖自知。

走在荒芜着的田地里,不禁又想起了元朝谭处端的《长思仙》中的"寂寞清贫合圣心"。寂寥的风吹拂着郁郁葱葱的蔺草时,这样的诗句最容易涌上心头。一个农民正在田里打理着一尺高的蔺草,它们是村子重要的收入之一。

合心村作为一个小小的村落,是逐渐消失着的中国众多村子的缩影。这方水土,对于此地生长的人们来说,是家园,是故土,是深深的情怀,是久久的眷恋。那花开,那自然的、贴近血液里的亲切感和归属感连同曾经的清澈小河,注定会消失在不久的将来,也注定会疯长在许多人绵绵的记忆里。

北京的胡同

汪曾祺老先生笔下的北京老胡同一直是我喜欢的,只是第一次去北京时由于跟着旅游团,什么都是走马观花,眼前晃了一下,就什么也没有了。除了偶尔留下来的几张照片,整个过程就如同一场梦。

对于我所喜欢着的北京的那些老胡同来说,只有真正地走进去,才能细细地品味当年彪悍的蒙古铁骑在统治中原后所留下的一个永久性的地方特色。那些草原上的雄鹰在被中原逐鹿人赶出了他们梦想几百年的地方后,悄然地回到了远方。他们已经没有了那位"只识弯弓射大雕"的祖先昔日的风采。那步履维艰的背影成了他们后代仰望中原的最后一次目光积聚的所在,尽管那里满是疼痛与沧桑。

但同时这又怎非蒙古人的幸事呢?

当另一群异族从黑土白山上下来,冲到这块土地时,他们怎么也不会想到自己的后代会是一些手无缚鸡之力、光会品茶遛鸟斗蛐蛐儿逛青楼的少爷啊。

当一个民族疲惫的时候,他们需要回到故土去舔净伤口,恢复精力,重振雄风。草原上的雄鹰是飞回去了,虽然羽翼沉重,但终于还是飞回去了。而从关外黑土地上通过山海关涌进中原的满人,他们的后代是再也没有回去。

他们没有了牧场马群，没有了纵马横刀的雄姿，也没有了自己的语言文字，甚至连自己的血统也不再纯正。他们已经完全被汉族博大的力量所同化，因此虚弱得如同婴儿一样再也走不回自己的故土。他们已经没有了自己的根。所以当四百多年后关外一个叫素素的女子奔走在关外的一个个遗址废墟时，她心中的感慨与伤痛就在《永远的关外》一书中显露无遗。而我，则喜爱在一个个深夜里感受着她历史般厚重的文字。

这些，都是我对"胡同"这个名字感兴趣的原因。

当我终于真正地走在这些曾经是老北京城精髓的小胡同里时，它们早已经没有了汪曾祺老先生笔下"方正、笔直"的昔日风采。呈现在我眼前的是一条条逼仄得不再笔直的小巷子，有点儿像上海的弄堂，只不过没有那么高而已。北京的小胡同两旁连接的还是四合院，只不过四合院不再是当年的样子了。院子里大多住了十几二十户人家，听说有的院子里还住着三十多家，每家只有十几平方米……这样的院子我从来没有去过。

我们住在西城区的东板桥街，街道不宽，两辆小车勉强可以通过。如果两辆车迎面开来，正好旁边是停靠着几辆车子，那么，一辆车必须先倒回去，另一辆才可以顺畅通过。顺着狭长的街道往里走，约有五十米的距离，左手边便有"河北省驻京办事处"的字样。再往前走约有三十米，就到了底。向左向右各有一条更窄的道儿：左面的胡同里约莫有五六户人家，接下去的便是一人多高的防护栏，里面是"轰隆隆"的机器声；右面便是北京的老胡同了，只是旁边的四合院显得太小家子气了些。院子早已不是北面高大阔气的正房，其他三面的厢房整整齐齐，中间的院子宽敞整洁的样子了。如今的院子真是袖珍得不能再袖珍了：只能容一人通过的一条小道连接着各个屋门。院子中间很少看到绿色，鲁迅先生当年院子中的"一棵是枣树，另一棵也是枣树"已是上个世纪这座古都的一个梦，是现在的我们谁也无法再拥有的一首牧歌。

我们所住的院子约两百平方米，有八户人家。弟弟租的房子有十几平方米，月租八百。母亲、女儿依依和我睡床上，弟弟和老公各铺一张凉席在地上。用玻璃门隔开的另一间屋子是厨房、卫生间、餐厅和狗儿子的卧室。对了，我们没来的时候，弟弟养了一只狗儿子，按照依依回到老家给她的哥哥所说的就是"大名叫牛仔，小名叫仔仔"。

像我们这样拥挤在逼仄的空间里的家庭还有很多，真有点像老上海人石库门里的阁楼了。生活的隐私便也透明了许多。不过大家都习惯了。

从小院里出来，每天顺着小胡同往里走十来步的样子，就是一公厕。它小而干净。让人不习惯的就是蹲式的便池之间没有隔栏，如同北方的浴室一样让人没了隐私。

来来去去之间，便会看到小胡同的墙角边、几堆破瓦块上、锁着的小铁箱上都会放着几盆花。盆有大有小，大多是以前烧制的粗糙的暗蓝色瓦制品。随着岁月的流逝，它们全都灰头灰脑了。有些是比较精致的陶制品，大而华贵，里面种的不过是一些夹竹桃、芭蕉等。而我最喜欢的还是那些长在破脸盆或是其他什么生活用品里的花花草草，茂盛鲜嫩的绿色让走过小胡同的人心中有一种温润如玉的感觉。

只是我知道，这样的胡同也会渐渐地消失在我们的视线中。

就在东板桥街这条小胡同上，不足百米的距离，已经有三处正在进行的小小建筑工程了。是继续维修，还是重修成原样？我不知道。我只知道，以后，我看到的北京的胡同会越来越假，而我心中的悲凉会越来越深……

再见了，北京的胡同！

圣湖喀纳斯之畔

出发总是美丽的,特别是在一个阳光明媚的清晨上路。

车子行驶在无边无际的大戈壁上。这是一块辽阔的土地,也是一块几乎看不到任何生命痕迹的土地。往远处看,除了蓝色的苍穹,就是青灰色的戈壁。那些大大小小的卵石,在诗人赵丽宏的笔下是:"诗人们的想象更奇,说它们是未经孵化的龙卵,是探险者绝望的泪珠。"从沙砾里可以窥视岁月的苍凉,也使得这块西部大地显得异常苍茫和辽阔。

车子还在飞驰,现在,眼前已是绿绿的草地,只不过早已找不到"天苍苍,野茫茫,风吹草低见牛羊"这样美丽的草原风光了。远处,是暗黑色的山,隐隐约约地,有着写意画的感觉。这是一片低矮平滑的黑色的山,在大地上温柔地起伏着。在苍茫的穹顶下,它们就如同一个个婴儿,向我们散发着清新的气息;也似一个个荒凉而富诗意的梦,向人们展示着自己的缥缈、孤寂、沧桑与美丽。

长时间望着这样的风景,眼睛也会疲惫。就在准备闭上眼打一会儿小盹之际,突然,一片小小的平原向我们迎面扑来。不知名的花,像梦似的笼罩在这寂静的平原上。一个个古朴而宁静的院落,零零散散地分布着。一个哈萨克少女正在喂鸡,不远处一个老大爷正坐在椅子上,眯着眼晒着太阳,他是否在回想那些久远而美丽的往事？犬吠隐隐约约，更衬出了这个村落的寂寥。

这是一个安详的田园村庄。多少都市里的人对它向往！

车子还在奔驰，我目光温柔地注视着眼前的这个村落和居民，有些怅然。

我们这次前往的目的地是喀纳斯湖。来之前我已从网上得知，喀纳斯是蒙古语，意为"美丽富饶、神秘莫测"，也有"峡谷中的湖"之意。它位于新疆维吾尔自治区阿勒泰地区布尔津县境内北部，距县城150公里，是一个坐落在阿尔泰深山密林中的高山湖泊，属于北冰洋水系。湖面海拔1374米，面积44.78平方千米，湖水最深处达188米左右。它是中国唯一的西伯利亚区系动植物保护分布区。而近年来为人们所熟知的便是它的"神秘"了。它的神秘，就在于"湖怪"之说。相传湖里有一种庞大的水生怪物，能吞食前来湖边饮水的牛羊……再加上"1998年湖区牧民曾捕到一条46公斤大红鱼"的报道，又给喀纳斯湖增添了不少的神秘韵味。

据说，当年蒙古大将耶律楚材，西征经过喀纳斯湖，被这里的美景陶醉，不禁诗兴大发。这位汉学高手当即赋诗一首："谁知西域逢佳景，始信东君不世情。圆沼方池三百所，澄澄春水一时平。"这是古人唯一一首咏赞喀纳斯湖的诗作。

进入喀纳斯湖地带，七月的炎暑就远远地被抛在脑后，迎面而来的雪山寒气，立刻让人感到了秋天似的凉爽。蓝天下，矗立着高大的雪峰，在太阳的照耀下，仿佛镀上了一层金边。洁白的云朵飘在雪峰上，给寂静的喀纳斯湖添上了无限的生机。

车顺着蜿蜒的山路继续往上行驶，许多树枝叶扶疏，姿态优美，洁白雅致，十分引人注目。问过导游后，年轻的小姑娘告诉我们说，那就是白桦树。

哦，就是那首由朴树唱的《白桦林》中的白桦：

> 静静的村庄飘着白的雪
>
> 阴霾的天空下鸽子飞翔
>
> 白桦树刻着那两个名字
>
> 他们发誓相爱用尽这一生

这是首有关于爱情、忠贞和保家卫国的美丽而凄婉的歌。

据说白桦死了后,仍是至美的:如肌肤雪白的女人。她们的生命虽然枯槁了,但仍是洁白地站立着。二十年前大兴安岭的那场惊动全国的火灾过后,留在人们视线里的,也有许多白桦,她们迎着风,凄美而迷离。

远处有歌声飘来,高亢而优美。有风吹过,送来银铃似的叮当声。导游告诉我们,那是哈萨克牧女们坠满衣角的银饰在风中摇荡。她们骑在马上,轻轻地挥动着牧鞭歌唱着她们的爱情。

记得以前我的一位回族同学在自己的诗里有这样一句:"姑娘,你的鞭儿将／落在谁的身上。"那是回族花儿式的爱情。

近了,近了。

湖面似一块巨大的碧绿的玉。湖水清澈、明净,由近到远,颜色由银白转淡绿,由深青转墨黑。传说它是一位不幸的哈萨克少女滴下的眼泪。这片巨大的湖水,该有多少的哀愁藏于其中啊!

亲切的阳光和闪烁着迷茫之光的喀纳斯湖水,爱抚着万物。这些,湮没了昔日胡汉铁马的征战屠戮了吗?那些蒙古包旁和勒勒车车辙中辛酸的泪与汗,是否都早已随风而逝了呢?

当我们坐在这块古老的大地上时,我望着这一路跟随着我们的远处的山。黄昏下,习习的晚风吹拂,面对着这些荒芜的群山,我的内心多了一份平静与闲适,还有一份微微的喜悦。

我想要认真记录下这块神奇土地上的每时每刻，以便在若干年后，我在岁月的远方，还能细细地咀嚼它。这是一种别样的幸福。

远处有一两棵树，听导游说那就是胡杨！哦，就是那种"活着一千年不死，死后一千年不倒，倒后一千年不烂"的树。它们是大漠里的英雄树。我对它们充满一种朝圣般的崇敬之情。四处望望，似乎没人在意它，我走近一看，发现它的底部长着窄长的柳叶，中间长着圆圆的大杨叶，顶部是椭圆形的小杨叶。低头看看，在靠近公路的两边，除了骆驼刺、茂茂草之外，竟然还能看到其他一些绿草。哦，这些强悍的生命力！记得曾看过《大风起兮云飞扬》这样一篇小说，文中的"我"在两年后返回家乡时，把自己的日记埋在了一棵伴随着自己与战友生活多年的胡杨下面。他相信，自己在这里生活过的点点滴滴会在这里生根，就像那棵胡杨一样，吸入的是自己的生命或是灵魂的养分，带着芬芳的清香，最终繁衍成一棵枝繁叶茂的参天大树。望着这些特殊的树，有一些东西沉淀在我的内心深处，似乎在猛烈地追赶着自己，让我有泪流满面的冲动……

晚上，我们参加了篝火晚会。

在篝火旁，热情而奔放的哈萨克姑娘和小伙子激情地跳着他们本民族的舞蹈，还热情地向参加晚会的人们教着简单的动作。"嗨，就这样！噔哒哒哒……"他们边说着边优美地舞了起来。大家的眼神里，全然是狂热。那熊熊燃起的篝火旁，他们恨不能将他们的热情也化作火焰来燃烧。那眼神，那动作，那年轻奔放的身体以及熊熊的篝火，都让我深深地感动了：这是一个懂得享受并热爱生活的民族！在这样的一个个夜晚里，他们坦诚地打开着自己的心灵，在篝火旁，着彩衣，唱高歌，手舞之，足蹈之——他们向我们这些远道而来的汉族人展现了人性淳朴率真且又色彩瑰丽的一面。这应该才是人生真正的诠释吧？

晚上,躺在山顶旅馆的床上,外面的阵阵松涛送人进入了梦乡。

第二天一早,整个旅行团男女老少的神情都有些怅然,可能是累了的缘故。但我宁愿相信,人们都有些不愿离开这个美丽而充满神秘的地方。当坐着来时的大巴再次返回克拉玛依时,我们都带着一种梦醒时分的不舍。

哦,再见了,圣湖喀纳斯!

前方是什么

它们悠长而神秘,仿佛洁白的羽翼,透明得如空气一般。它们一直朝前飘着、飘着,我跟在它们的后面,我相信前方有信念、梦想、阳光、雨露和花的影子——它们都是在一棵老槐树的庇佑下。

我要做的就是找到这棵老槐树。

这些,在我祖先的口中流传下来却变成了:前方是缥缈的,永远是荒芜的;而那些白色的雾气终会飘逝,像骊歌一样伤感而又任人赋予。

不!我不相信祖先。我要找到阳光下那些真正的金色的声音,那一泓浸润着花瓣的汩汩清泉。

我一直向前走去,我要找到这样的一个地方。

一年又一年过去了,许多年后,我才发现我到了一个从未见过的地方。这个地方有一棵苍翠蓊郁的老槐树。它以神话的方式耸立在近乎透明的蔚蓝的天空下。我感到一种说不出的亲切与感动。

我想起了槐树之蕊,想起了那次故都之行槐树成熟的芬芳四处弥漫……

那个夏天,无论走在北京城里的什么地方,我的眼前总是飘舞着一些灵动的影子。它们像一些顽皮的孩童一样在我的眼中、鼻前、耳畔、发际、身后飘飘摇摇地自天而降,带着清香与梦幻般的美丽来到我的跟前。伸出手去,有些落到了手心,有些摇摇曳曳地落到掌边。风一来,那些掌边的落叶又摇摇晃晃地一路前行,经过几个弧步或是不规则的圆圈,最终回到了大地温暖的怀抱里。我知道,又有一群孩子回家了!

　　喜欢看树,也不知是从何时开始的。不光是孤独的一棵,那些耸立在苍茫的天地间,伟岸而悲壮的树丛,也同样会让人有流泪的冲动。我也喜欢浑茫的一片,尽管参差不齐,在阳光里,斑斑驳驳,如同莫奈笔下的风景画。我还喜欢浓绿的一片,总能让人想起柯罗的《孟特芳丹的回忆》。它们啊,它们都远远地站在我的身后,不用回头我也知道,它们正在打量着我。在这种相互的打量里,我们彼此了解。而我,也在打量里,触摸到了它们的厚重和浓郁,甚而触摸到了生命的安详与坚忍。在树影婆娑里,在盎然生机里,在筋骨裸露里,生命原来是如此的神秘与高贵!

　　女作家素素说"树是自己的童话",而我觉得树是我一生浪漫的起源。初恋的花蕊就是来源于与一棵青翠大树的凝视与相知,那是一场真正的梦。纯真而迷离,短暂而疼痛,美丽而伤感,仿佛一首淡淡的忧伤的古典乐曲,多年来我怀念着它。那些曾经像绚烂的晚霞一样照耀着我青春的树啊,在我迷茫而充满诗情画意的心间,成了最早把诗歌、音乐和爱情传送到我手上的启蒙者,成了我此生永远的财富。流光飞逝,此情可待。如今,正是这种悠远而绵长的怀想,让我的心沉淀下来,陷入对逝去年华的追忆中……

　　故都的清晨,我走在小巷里,眼前飞舞着的仍是那些雪花一样的精灵,脚下软软的,舒服极了。我知道,它们便是我这次来故都见到次数最多的故友了。淡淡的清香弥漫在久远的时空中,面带微笑的人们行走在这座古都温暖的目光里,感受着这些精灵带给人们心灵的沉静与安宁。

　　对于一座古城来说,我更愿意抚摸它尚未消失的大气、厚重与历史的沧桑。而伴随着这座古城命运的总少不了这些槐树的影子,还有它们轻舞的孩子的影子。它们一路追随着这座古城,成了古城不可缺少的一分子。

对于一棵老槐树来说,我更愿意抚摸那些在苍茫的时光中沉淀下来的细密而又落寞的影子。在树影婆娑里,沿着时间闪闪发光的银针,我向来路张望,来路尽是昨日的感伤;向去路张望,我心中的那个疑团却越来越大:前方会是什么呢?

喜欢看夕阳下的老槐树,虽然它不像徐志摩笔下"那河畔的金柳",没有了"夕阳中的新娘"的娇羞与柔美,但我更愿意品味它带来的悲伤,但是谁又能结束悲伤呢?

前方到底是什么呢?我又想起了祖先留给我的这一份沉重的责任。

我将脸庞轻轻地靠近槐树的花蕊,贴近它们温馨的身子,用劲吮吸着花蕊淡淡的芬芳,像吮吸女儿身上的乳香。

我几乎迷醉了……

仔仔细细地打量完老槐树后,终于,我明白了:原来,我一年又一年寻找的这棵老槐树,除了沧桑与落寞之外,千年来,它一直珍藏着一颗坚守的心!

我是一个优雅的过客,尽管面色憔悴,但我心中明白:前方是对自己心灵的坚守,就像那棵老槐树一样,虽历经沧桑,但它却在岁月的风尘中一直坚守着自己脚下的一方土地与头顶的一片星空!

辑三　芬芳味道

小镇的面馆

它是典型的江南小镇模样：平和中有安静，还有些许的活泼和秀丽；临近海滨，像许多个海边小镇一样，带着一份遥远的孤独却又多了份微微的亲近。它已成了我的另一个故乡，就是在这里，我又一次提起笔来，写下我所喜欢的文字。也是在这里，我成了黄昏的女儿，并在黑夜里寻找到了另一个我——一个更真实更直面自我的人。

小镇以它的海鲜闻名宁波。每年的清明前后，城里人会成群结队来我们小镇的菜场买马鲛鱼吃。记得前辈顾常平老师曾写过一篇关于马鲛鱼的散文发在了《鄞州日报》上。他还常常写他在小镇上的一块菜田，里面种满了白菜、青菜、丝瓜等。每天清晨或黄昏，他会在小小的菜田里精心侍弄自己的宝贝。他的那些文字，带着采菊东篱的乡野气息。顾老师是语文组里的前辈，是语文组的灵魂人物之一，奠定了组内优秀的传统。后来，顾老师离开去了别处。他在的时候，没有什么明显的感觉，但他一走，很快就能感觉到，他带走了小镇上的一种文化：谦和、平易和朴素。

小镇上有家鑫鑫拉面馆是对安徽夫妻开的。面馆最早设在拐向咸祥中学的十字路口，小小的一间，里面简单地摆着几张桌椅。桌子是最常见的那种长条桌，凳子是小小的、圆圆的，下面用几条钢筋撑着，好像很结实的样子。时间长了,质量不好的凳子会慢慢地朝着一个方向倒下去,特别是被一些胖男人大大咧咧地坐上去后倒下去的概率就更大了……

那两年,镇上最高档的小区金江花园在建,有许多外来务工人员来这里吃饭。他们一伙人,高声地叫着老板:"来盘牛肉!再加两瓶啤酒!"他们嘻嘻哈哈地说笑着,身上是没来得及换的沾满了灰尘的衣服,但浑身散发着一股热情:对生活的最质朴的热爱。

那时候老板就已经年逾四十了吧,圆脸,头发很短,喜欢斜着脑袋揉面或是拉面。几年过去了,他的脑袋越来越明显地向右斜着,好像人也缩小了一些。客人不多的时候,常常会看到他在隔壁的文具店里,偏着脑袋看报纸,多是本地报纸。那个时候,他完全沉浸在自己的世界里。老板娘是个极瘦的女人。头发稀疏,常年用一根小小的橡皮筋绑成一个很短小的马尾辫。她虽然极瘦,但却像不知累一样,摇晃着身子不停地忙碌。

去得多了,就和老板一家都熟了。他们也知道我是老师,喜欢吃面。有时就聊起来了,知道他们共有三个孩子:两儿一女,都在读书。老家已经盖了三层楼,口气中带着满足和骄傲。老板娘笑起来后,脸似乎不那么瘦了,昔日里的小女人态倒是显露了出来:有一股子温和与细腻。

后来,一个面目清秀的男孩子会在暑期来店里帮忙。他有些腼腆,收客人的碗筷时总是轻手慢脚的。眼睛也不敢直视别人。看得出来,他还带着一个学生的青涩和害羞。过了三四年吧,另一个儿子也来店里帮忙了。大儿子长得圆头圆脑,像爹样;小儿子就是那个清秀的小伙子。他们已经不读书了,全部子承父业,开始上手拉面了。刚开始面拉得粗细不一,偶尔还有断的。慢慢地,手艺就越来越娴熟了。

客人不多时,大儿子上网看电视剧。二儿子捧着个手机,看着看着就会"呵呵"地笑起来——他变得大胆了,偶尔也会直起眼睛盯着你看会儿,然后再哼着小曲儿,摇晃着身子炒年糕去……

有一年的冬天,他们的女儿也来了,一副学生样儿,沉默寡言地端碗或是收拾,像几年前那个清秀的男孩子。问老板娘,她带着掩饰不住的喜悦说:"今年高二了,老师说她的成绩还不错……"

后来,他们把旁边的一间小店盘了下来,这下来得人更多了,生意更火了。虽然卫生状况并没有改善多少,但回头客还是多,架不住味道好呀!小镇上开了多少家的面馆,我们吃货团都去尝过,最终的结论还是:这家的味道最好。这些年来,老板的头是越来越偏了;老板娘是越来越瘦了,脸色也并不红润了;两个儿子似枪杆一样站在店里忙活。

一天上课时,不知在讨论什么问题,一个叫载君的男孩子说:"老师,我告诉你啊,鑫鑫面馆里大碗和小碗虽然只差一元钱,但分量差得那个多哦……"全班的同学和我都笑翻了。在这样的课堂上,有了这一小插曲,倒将人间的烟火色全然倾倒了出来。

前段日子,小镇几个主干道都在修,晴天尘土飞扬;雨天,更是一派泥泞。旁边的一些店铺也都关门了,说是政府在改造街道。鑫鑫面馆也关门了。大家都在到处打听着,面店搬到哪里去了。过了两个月,街上还是没有鑫鑫面馆重新开张的迹象。

我们怀念面店,就是因为它带给了我们温暖如家的气息。现在,离开了一些路途,我才突然明白,在这个喧嚣中兀自安静的小镇里,那家外来小面馆以它的饱满和热情来填饱我们的肚子,就是为了让我在飒爽秋风的光阴里重新打量小镇,这个我生活着的地方……

琴中古曲是幽兰

印象里,弹古琴的场景应该是王维在《竹里馆》里描绘的:"独坐幽篁里,弹琴复长啸。深林人不知,明月来相照。"诗人晚年隐居在蓝田辋川别墅时,独自坐在一片清幽的竹林里,面对一琴,信手而弹,不时会有一两声悠长的口哨声夹杂其中。此刻,只有一缕明月仿佛知音般含笑倾听。这是文人式的闲情偶寄,清丽的诗句里,表现出一种清静安详。

从此对这个乐器就上了心,看到有关古琴的片段就会留心一些。

前些日子看贾平凹的《白夜》时,对"夜郎"这个"闲人"倒是充满了好奇:能上下左右逢源,懂乐器。夜郎与虞白关于古琴的一番对话,让人知道这座古城里还有这么多古朴的人热爱着这种音乐。我尤其是对他们几个朋友能在西京城楼上开音乐会的"雅事"充满了神往:想象着虞白操着古琴,在清愁如织的姜白石的词曲间流连回味着的情形……

有人说,在夜郎和虞白的交流和梦游里渗透着灵魂渴望回家的感觉。白夜,说的就是虞白和夜郎在白夜里的流浪,也飘忽着古琴苍凉的幽怨。对于喜欢书法和国画的贾平凹来说,喜欢这些传统而美好的事物,本来就是应该的。我一直这样认为。

看《甄嬛传》里弹琴的场面时,一个已学过几年古琴的师姐说,电视上拍的有一处弹琴时人的位置是坐错的；而另一处沈眉庄在弹古琴时用的却是弹古筝的"鸡爪子"手法——古琴的指法和古筝的手法是完全不同的。大概是吧？我是看不懂的，只是对师姐的评点充满了敬佩。

大概是五六年前吧，看到一个年过六旬的学者，在写自己学古琴的一些心得，并总结出一部学琴的著作出来。人在六旬花甲之年，还能以一种勤奋而虔诚的心来学习自己喜欢的一件乐器，顿时让我敬意大增。只是可惜，忘了他的姓名。

犹然记得 2008 年在北京奥运会开幕式上，随着那一幅幅巨型画卷的展开，空灵婉转的古琴声让世界认识到了中国文化的源远流长。那声音婉转中不失深沉浓厚，浓郁中不失淡雅，让人领会到了一分高洁而典雅的气韵，犹如一朵朵凝聚了无限魅力的古莲，芬芳四溢。那一声声空灵的声音，仿佛天籁般击打着人们的灵魂，将上下五千年的文明，讲述得回肠荡气。

对古琴的兴趣是越发浓厚了。

据史书记载，古琴，亦称瑶琴、玉琴、七弦琴，是中国最古老的弹拨乐器之一，相传至今已有 3000 多年的历史，《诗经·国风·周南》有"窈窕淑女，琴瑟友之"的表述，《诗经·小雅·甫田》也有"琴瑟击鼓，以御田祖"等记载。

这古琴长 3 尺 6 寸 5，象征着一年 365 天。琴面上有徽位 13 个，象征着一年有 12 个月和 4 年一次的闰月。古琴，贯通着天地、大道与自然。琴板底下的两个纳音孔，大的叫作龙池，小的叫凤沼，即龙凤栖息、居住的地方。

古琴在孔子生活的年代就已盛行。当年他被困在陈国和蔡国之间，"七日不火食，藜羹不糁，颜色甚惫"，处境非常糟糕。连著名的得意门生子路和子贡的信念都开始动摇，而年纪最大的孔子却"弦歌于室"，可见他内心是多么的丰盈和强大。

古琴在古人心目中是神秘而有灵魂的。古人弹琴，要沐浴、更衣、焚香、静坐。这是对古琴的珍重,也是对音乐的敬意。

古人也有许多关于古琴的诗句。王维有《酬张少府》:"晚年惟好静,万事不关心。自顾无长策,空知返旧林。松风吹解带,山月照弹琴。君问穷通理,渔歌入浦深。"以琴曲酬谢朋友,在明月的清辉下,一股纯洁之情油然而起。白居易关于琴的诗作有十一首之多,像《废琴》《船夜援琴》等,还有他的《听幽兰》:"琴中古曲是幽兰,为我殷勤更弄看。欲得身心俱静好,自弹不及听人弹。"白居易也是一个爱琴之人,只是不知,他的琴艺如何?

关于古琴曲,大家最熟悉的就是"知音"的故事了——伯牙与子期的"巍巍乎志在高山"和"洋洋乎志在流水"。当子期死后,伯牙破琴绝弦,终身不复鼓琴。明代朱权的《神奇秘谱》对此做了精当的诠释:"《高山》《流水》二曲,本只一曲。初志在乎高山,言仁者乐山之意。后志在乎流水,言智者乐水之意。"伯牙的绝琴明志,一则作为对亡友的纪念,再则为自己的绝学在当世再也无人能洞悉领会而表现出深深的苦闷和无奈。

那首著名的《广陵散》在那个绝版的魏晋里响过多少次啊。遥想当年,风吹竹林,归鸿远去,嵇康抚琴而坐,眺望着苍茫四合的暮色,渐渐地在魏国的大地上愈来愈沉郁。这个好弹琴与善打铁的玄学家和流行音乐家,在魏风华先生的眼中,是有着"远观时大线条很粗、近观时小线条很细"的独特气质的。

终于到了,终于到了那个后世的文人学者心中永远疼痛的时刻了:

> 嵇中散临刑东市,神气不变。索琴弹之,奏《广陵散》。曲终,曰:"袁孝尼尝请学此散,吾靳固不与,《广陵散》于今绝矣!"太学生三千上书,请以为师,不许。文王亦寻悔焉。

这是《世说新语》中给我们留下的一笔历史的背影,带着血腥和惨烈……虽然这广陵曲从此真的成为绝响矣,但此刻,这个午后,会是后世多少文人内心情怀的重新苏醒啊!

管平湖先生演奏的《流水》曾被录入美国太空探测器"旅行者一号"的金唱片,于1977年8月22日发射到太空,向茫茫宇宙寻找人类的"知音"。这古琴曲真的会唤来一些不同的耳朵吗?

在张艺谋的《英雄》里,谭盾作了首《棋馆古琴》的曲子。帕尔曼小提琴和中国古琴有了第一次亲密接触,东西方不同的浪漫在2000多年后首次融合到一起。也是在《英雄》里,当无名和长空棋亭对决时,背景画面是一位白发须眉、神情自若地盘膝抚琴的长者。很喜欢那种静中有动的凝重。查过资料,说操琴者是浙派古琴大师徐匡华,而弹那个曲子的却是吴文光的一个弟子。这样,光影和声色一同出现在一个画面里,让人在英雄的情怀里感念一些逝去的东西。

在夏日的黄昏里,听着一首首的古琴曲,人的心情也会变得沉静下来。一个个真情淋漓的音符,或飘逸、洒脱,或柔美、苍郁,无不给人一个丰赡而深邃的精神世界。这古典中的苍凉,让弹者的灵魂在七弦流转的气流里,款款地站出来,活生生地走近你我,歌咏着曾经远逝的漫漫流年与苍茫人生,带着缠绵的忧伤。

吃醉虾趣谈

昨天和同事们一起去阳光餐厅吃饭,大家各人点各人喜欢吃的菜。有毛血旺、芋艿骨头煲、椒盐玉米、烤牛排等。最后,一个当地的同事端来一盘子虾,不太大,颜色也不似往常的红,有点不新鲜的样子。心中暗想,这位同事可是口"尖"得很,稍有不新鲜,她总能尝出来,还能说出每一道菜的做法,今天这是怎么了?

一个江西的同事夹起一只虾放进嘴里:"咦,这虾怎么这味儿?"

"是醉虾吧?"一个同事问。

"不是的,醉虾是活着的,还会跳的……"我说。

"你怎么知道?"另一个湖北的同事问。

"那年我在西湖边吃过……刚吃时还特别害怕,但看到别人吃得津津有味,也忍不住尝了一个。果然是又鲜又美啊!"

"这不是醉虾。"当地的同事说。

大家不禁朝她看去,她说:"这是腌虾。你们可能吃不习惯的。"

"不过还是尝尝,味道与醉虾是不可同日而语的。"她又说道。

一个同事索性将那盘虾端给当地的同事:"看来,还是你一人吃吧!"

这餐饭虽然没有吃到醉虾,归来后却勾起了我对此有关的感想来。

虽说在江南生活了近十年,却并未真正地融进水乡。我想真正融入一个群体,不仅仅是在住、行和语言上,很大程度上是在吃的方面,尤其我们中国人在这方面的爱好是世界共知的。有人说只有吃在一起,才能说到一起,这样才能融到一起,说的就是这个道理。

为了很好地融入这个喜欢的江南水乡,在吃的方面我是有点"爱屋及乌"了。这不,最近迷上了有关饮食的作品,寒夜里,拥被而坐,就着床头的一小片灯光,在书中感受着大江南北的美味佳肴,也不失为寒夜里的一份独特韵味。

手头正有一本借来的台湾美食家逯耀东的《寒夜客来》,爱不释手。他说:"所谓饮食境界,就是由环境、气氛和心境形成的饮食情趣和品味。和饮食的精粗无关,也不是灯火辉煌、杯盘交错的宾主尽欢。"可惜这种境界非一般食客所能达到和体会。

其实,上好的醉虾在我看来能很好地调节就餐氛围。那醉虾也叫"炝虾",一般将500克从河里捞起的鲜虾洗净盛在透明的钵子里,准备400克陈年花雕,加上盐、醋、糖、姜末、香菜,晃荡几下,虾就醉晕了。虾也有酒量大的,没醉的,稍不留神,就会蹦跶出来。食者当然不会心软,眼疾手快,就放进了嘴里。这种吃法不光吃个味道,更重要的是吃个气氛。尽管这种吃法并不太斯文,可虾肉爽滑、酒香浓郁,令人身心舒畅,的确是人间一大趣事啊。

再说这道醉虾啊,据说只有上等的绍兴黄酒才是做醉虾的唯一佳品。醉倒了的虾有时甚至会全身充满诗意地在你面前轻轻挪动,那种感觉,就像《西厢记》里所写着的"玉体横陈、肌如凝脂"吧。不过,记得去万达石浦吃的醉虾可是全身沾满了番茄酱的,味道还不错,就是看上去不太美。这美食如果色彩上不尽如人意,就会大打折扣,够不上"秀色可餐"之境界了。

而太湖白虾为虾之佳品。《太湖备考》中云:"太湖白虾甲天下,熟时色仍白,大抵江湖出者大而白,溪河出者小而青。"太湖白虾又名秀丽长臂虾,体色透明,略见棕色斑纹,两眼突出,尾成叉形。逯耀东离大陆多年,一直念念不忘当年随家人游木渎时在石家饭店吃醉虾的情形:揭开盆盖满桌飞跳的,就是这种太湖白虾。

据唐代刘恂《岭表录异》中记载:"南人多买虾之细者,生切绰菜香蓼等,用浓酱醋先泼活虾,盖以生菜。以热釜覆其上,就口跑出,亦有跳出醋碟者,谓之虾生。鄙俚重之,以为异馔也。""鄙俚"便指的是平民百姓,可见那时"虾生"已经是一种颇受广东百姓欢迎的菜肴了。

现在粤菜中较为著名的有贵联升的满汉全席、香糟鲈鱼球,聚丰园的醉虾、醉蟹等。我没去过广东,在宁波也鲜见有粤菜,所以只能在书上"品其香味"了。

这种醉虾的吃法北方人是不大能接受的。但值得一提的是,《清稗类钞》中却有一条"津人食虾生"的记载,云:"天津大沽之虾,取诸海中,色白而鲜。他处之虾,皆细碎不可食,唯用京法以酒浇而生嚼之,差有风味。"

有些人吃过醉虾后吐出的虾壳没有丝毫的破损,一个个完整的虾壳放在盘子里,就像精致的工艺品,让人叹服不已。

作家汪曾祺先生的笔下也有"醉虾"的影子,如《切脍》里写到的"炝虾"。因为这个"炝"即便不从烹饪的角度来看,光字形便是从火旁的,可这道菜却根本不用火,而是用高度的白酒把虾给炝醉的。那文中说:"我们家乡的炝虾是用酒把白虾'醉'死了的。新中国成立前杭州楼外楼炝虾,是酒醉而不待其死,活虾盛于大盘中,上覆大碗,上桌揭碗,虾蹦得满桌,客人捉而食之。用广东话说,这才真是'生猛'。"故而这道菜以前还有个别名叫作"满台飞",全因当年饭馆多不备带盖的玻璃器皿,要展示虾的鲜活,只能任由其跳跃,满桌乱飞。所以连鲁迅先生提到此物的时候也说:"虾越鲜活,吃的人便越高兴,越畅快。"

周佛海未当大汉奸之前，于1938年10月22日由武汉飞抵成都，次日还在枕江楼吃醉虾，周在日记中写道："10月23日星期日，九时半起……偕冯志翔、曹荫雅、曹谷冰出游览，首至工部祠、工部草堂，继至青羊宫、二仙庵，再至武侯祠，'丞相祠堂何处寻，锦官城外柏森森'，幼时早已景仰，今始瞻拜。最后至望江楼，游薛涛之枇杷巷、薛涛井等地，午饭于枕江楼，食醉虾，甚鲜……"

张群在成都时，一天偶然兴起，要去吃枕江楼的醉虾，其机要秘书魏达俊临时邀请郭有守、官大中作陪。

的确如此，食醉虾者须兴起才好，让食者也"醉"了方好。否则，当人心情不好的时候，再美的佳肴也会无味的。

看来，这人间美食需配上一定的心境才会"人物两醉"。

九月食蟹趣谈

这几天食堂里每天都有肥美的大螃蟹,个个壮硕。我这个异乡人,也吃得满口留香。给爱吃海鲜的女儿带回去几只,小家伙吃得满手满脸到处都是黄白相间,倒有几分苏州名菜"一塌糊涂"的样子呢。

唐人因蟹黄满膏腴称其为含黄伯。当年唐人卢纯说:"四方之味,当许含黄伯第一。"以前在书中看到说第一个吃螃蟹的人是勇士时,总不甚了解其意。现在在这个海边小镇生活了八年之久,我总算了解一些。

中午吃螃蟹时,听一个同事给我讲解了挑螃蟹的要点,我虚心地听着。想起上周去菜场买螃蟹时,就挑个大的,带到办公室里被几个当地的同事看到,说不好,太瘦了。另一个同事更绝,就用四个字概括:"贼大贼瘦",真是一针见血!回去一煮,果然是一包水!

看来要想吃到这天下至美之味,还得先学会挑才好。

吃蟹作为一种闲情逸致,是从魏晋时期开始的。《世说新语·任诞》记载,晋毕卓嗜酒,间说:"右手持酒杯,左手持蟹螯,拍浮酒船中,便足了一生矣。"这种人生观、饮食观影响了许多人。从此,文人们把吃蟹、饮酒、赏菊、赋诗,作为金秋的风流韵事。

现在正值金秋,菊花正盛。约几个好友,在一个风清月白的晚上,一壶绍兴花雕,一盘肥美的螃蟹,对着一轮浮云遮掩着的皓月,喝着小酒,执螯赏菊赏月,轻声谈着一些逝去的往事,多么有诗情画意呀!

很喜欢看《红楼梦》第三十八回,由史湘云做东,在藕香榭请宝玉、黛玉等人食蟹的场景。他们执螯赏菊,还留下了一些食蟹的诗。黛玉的一首"铁甲长戈死未忘,堆盘色相喜先尝。螯封嫩玉双双满,壳凸红脂块块香。多肉更怜卿八足,助情谁劝我千觞。对兹佳品酬佳节,桂拂清风菊带霜",其中不光写出了当时的情景,也写出了蟹的形象和色香。

吃兴正浓之余,就找了一些资料来看。据《逸周书·王会解》篇记载,成王时,海阳献蟹,才知道,中国人吃蟹的历史离现在已有三千多年了。隋炀帝到扬州看琼花时,吴中进贡御食中就有糟蟹,看来呀,南北朝后期就有了糟蟹了。据宋陶谷《清异集》里说:"炀帝幸江都,吴中贡糟蟹、糖蟹。每进御,则上旋洁拭壳面,以金缕龙凤花云贴其上。"这帝王就是会享受,吃美食时还不忘将金制的龙凤呈祥花容云貌取下来贴在蟹壳上。看来,这隋炀帝既喜美食,又懂得"美色"。

而明代的张岱说蟹单吃最好,也就是清代的袁子才所说的"蟹宜独味"了。张岱《陶庵梦忆》中有一篇《蟹会》,是专谈如何食蟹的:

> 食品不加盐醋而五味全者,为蚶、为河蟹。河蟹至十月与稻粱俱肥,壳如盘大,坟起,而紫螯巨如拳,小脚肉出,油油如螾蜒。掀其壳,膏腻堆积,如玉脂珀屑,团结不散,甘腴虽八珍不及。一到十月,余与友人兄弟辈立蟹会,期于午后至,煮蟹食之,人六只,恐冷腥,迭番煮之。从以肥腊鸭、牛乳酪。醉蚶如琥珀,以鸭汁煮白菜如玉版。果瓜以谢橘,以风栗,以风菱。饮以玉壶冰,蔬以兵坑笋,饭以新余杭白,漱以兰雪茶。由今思之,真如天厨仙供,酒醉饭饱,惭愧惭愧。

张岱是仕宦世家子弟,前半生过着封建士大夫的风流浪漫生活。后来国破家亡,他穷途末路,直到披发入山,甚至想自杀。可是在这种境况里的他,年轻时吃过的螃蟹宴仍旧萦回在心中,念念不忘,津津乐道,成为甜蜜的回忆。

今年这个时候,还没看到金菊,也没闻到桂香,肥美的蟹竟悄然而至,让人想到这又是一年秋了啊!

走,吃蟹去了呀!

冬日里的温暖

冬夜里，一家人在书店里逛，出得门来忽然闻见一阵异香，遥见一中年人推小车卖炒栗。接着，就听到了久违的声音："唉，糖炒栗子好卖哩！"

于是，一家人在江南的冬夜里，买了包栗子边走边吃，享受着一番别样的滋味。

忽然就想起了在故乡古城里吃糖炒栗子的情形：一家人围坐在火炉边，边聊天边剥着香甜的糖炒栗子。炉子里，橘黄而微微带着些粉红的火苗们欢快地跳跃着，如同一个个羞涩的少女……

如今，在远离故乡两千多公里的这座靠海的城市里，吃着糖炒栗子，想着遥远的故土，也是一件幸福的事。

糖炒栗子在我国颇有历史。宋代大诗人陆游有《夜食炒栗有感》一诗："齿根浮动叹吾衰，山栗炮燔疗夜饥。唤起少年京辇梦，和宁门外早朝来。"陆游生于1125年，卒于1210年，此诗写他青年时代时，大清早走到和宁门外吃栗子的事情，至今应有八百多年的历史了，可见炒栗在当时已经比较常见。

"中秋到，炒栗锅边娃儿闹；重阳来，筐筐栗子市上排。"这首老南京民谣说出了当年南京街头糖炒栗子的盛况。

栗在中国有着久远的历史。据说，在原始社会里，人们在采集和渔猎之暇，常常聚集在栗树之下，围火烧栗食，或歌或舞。姑娘们会用烤熟的栗子投掷心上人儿，凡击中者即赠予配玉，旋即相约结为夫妻。可以肯定的是，那时的栗子不是糖炒的。但是，那是一个多么令人向往的浪漫时代啊！

中国是板栗的故乡，有文字记载栽培板栗的历史可追溯到西周时期。《诗经》有云："栗在东门之外，不在园圃之间，则行道树也。"《左传》也有"行栗，表道树也"的记载，说明在当时，板栗树已经被种植入田地或作为行道树。西汉司马迁在《史记·货殖列传》中有"燕秦千树栗……此其人皆与千户侯等"的记载，可见当时燕国拥有千株栗树的人，其富裕程度可抵千户侯。战国时期纵横家苏秦到燕国游说，对燕文侯说："燕国南有碣石、雁门之饶，北有枣栗之利，民虽不田作，枣栗之实，足食于民矣，此所谓天府也。"《礼记》亦有云："子事父母，妇事舅姑，枣栗饴蜜以甘之。"

喜欢吃栗子的文人也不少。

唐代大诗人李白在夜宿黄山时，听着殷十四用吴音吟唱，李白喝了一些酒，吃了刚下霜的板栗，心潮澎湃，写下一首诗，诗中言道："龙惊不敢水中卧，猿啸时闻岩下音。我宿黄山碧溪月，听之却罢松间琴。朝来果是沧洲逸，酤酒醍盘饭霜栗。"动人歌声连龙都不敢在水下静卧，以至于山上猿猴都前来听。边听歌边吃栗子，可见李白对它的厚爱，栗子真是太让人迷恋。

清初袁枚寓居金陵，自称"老饕"（老馋嘴），对饮食极有讲究，他写的《随园食单》，除记有"栗子炒鸡"这道风味菜外，还有"栗糕"，即把栗子煮烂捣碎，和以纯糯米粉，加白糖、瓜仁、松子，蒸成栗糕，吃法独特。

梁实秋在自己的《栗子》一文里说："徐志摩告诉我，每值秋后必去访桂，吃一碗煮栗子，认为是一大乐事。有一年他去了，桂花被雨摧残净尽，他感而写了一首诗《这年头活着不易》。"杭州有一种叫"桂花鲜栗羹"的小吃，是用糖烧鲜栗,加适量藕粉和桂花制成的,色、香、味俱佳。不知当年的志摩有没有吃过?

这几年来,也算是走过了一些地方,看看大江南北,人们最喜欢的还是糖炒栗子。据说慈禧太后也十分喜欢吃糖炒栗子。她还经常吃栗子粉加面粉及糖做成的窝窝头。

记得有一次,先生在模仿美国当代画家安德鲁·怀斯的名画《炒栗子》。画面上的炒栗者,是一位身材修长、着毛衣和牛仔裤、戴帽的少妇。她握着铁铲正准备翻动锅里面的栗子。炒锅支在荒凉的路边,路从她的脚下,伸向远方。这画面让人觉得真实自然、亲切淳朴,又有些微微的担心:有人买她的栗子吗?

这位美国当代的伟大画家,喜欢用那些断墙,破糊墙纸,穿旧的衣服,倾斜的水桶、篮子,废弃的大车来表现岁月流逝,唤起人们对故乡的怀恋和对逝去时光的回忆。我也慢慢地喜欢上了他的这种带有浓郁生活气息的风格。

无意中看到了波兰诗人塔杜施·鲁热维奇的《栗子树》,很喜欢,顺手摘录了其中的部分诗句:

> 最悲哀的是
> 一个秋天的早晨,
> 要离开自己的家园
> 却不能很快地回来。
>
> 父亲种在家门前的
> 那棵栗子树,
> 我们亲眼见到它

> 已经长成了大树。
>
> 妈妈的个子那么矮小,
> 可以把她放在我们的掌上。
> ……
>
> 童年就像刻在金币上的
> 那个脸庞,虽然被磨损了,
> 却依然发出清脆的响声。→

在这寒冬的夜晚,手持一卷书,以一粒粒的糖炒栗子作零食,亲情和温暖就迎面扑来,不亦乐乎?

当岁月与春天一起老去

四月走近了,终于来到了我的眼前。微风伴着春光轻轻吹过,晨曦微露,各种鸟鸣就从淡紫色的雾气里传来:唧唧,啾啾啾;嘟嘟;唧唧,呶呶……这些鸣叫,如同一串串清脆悦耳的音符,空灵而辽远,消散在清晨的花间树间与草丛里。有风儿吹过时,它们的羽毛吹翻起来,就像一只只无形的小手在上面倒着抚摸。那一定很舒服吧。

有时,这些清脆的鸟鸣声就响在我的梦里,摇来晃去。

对于这个月份,我一直怀有一种特别的感情。我想,这是与我出生在这个月份有关吧。虽说是农历的四月,但总是习惯对四月有一种期待、一份亲近、一丝热忱。

在我的灵魂里,总有树的影子,还有草的幽香与水的清澈。

四月清晨的沙金山上,那两棵挺立在我面前的松树,将它们挺拔的身姿呈现在我的眼前,松针上有鸟雀飞过,偶尔也停在上面,几个叽叽喳喳地谈论着什么,很热闹的样子。望着它们,我常感到时光的恍惚,仿佛蒙了灰的千年古刹,只留下一个残破而模糊的背影,让后人猜测它昔日的辉煌与风采,让人不由得生发出唐寅"春夏秋冬捻指间,钟送黄昏鸡报晓"的感慨与无奈。

迎春花是早就探出了枝头的,一丝丝地将整座山从各种绿色中"解救"

出来。而桃花,也在一阵阵的春风中,不甘示弱似的,又有些小心翼翼地摇晃着淡粉色的小脑袋,打量着这个美丽而清新的世界。还有那些玫红色的杜鹃花,在满山遍野的灌木丛中一团团生长。一朵朵花儿就像约好了似的,你不让我,我不让你,在鸟鸣声里竞相开放。这些美丽的妖魂,过不了多长时间就会渐渐凋零,或是随风而逝,可谓"化作春泥更护花"。

有一种不知名的鸟儿,有着长长的尾巴,它们在空中飞翔时会展开翅膀,一路翻飞,一路快乐地叫着。飞翔与舞蹈共存,美丽与欢笑齐语。

整座山就仿佛活了一样,连空气似乎也鲜活了起来。只有更远处的横山码头,沉浸在一片雾霭中。隐隐约约的,有些山水画的大意,又似乎没有。谁知道呢?

此刻,这些远远留在我背后的草儿们,我在心里常常回望它们,并因为它们的浓郁与生机而感到生命的美好与永恒。无数的草在生长,在喘息,在挣扎,在奋争。我也如此。这些强悍的生命体,遮掩了其原有的神秘。而在这水性的江南,似乎处处是生命的升腾,在春天。

而我的那个辽阔而苍凉的西北古城,春天的绿色又是多么的稀薄啊:光秃秃的瘦削的土山,陈旧而丑陋地裸露在阳光下,干燥而寂寞。但我相信,它厚重的黄土里,还埋藏着绿色的希望!曾经的这块黄土地,水草鲜嫩,牛肥马壮,是多么的肥沃而丰腴啊。而如今,它在日复一日的沙漠化里,孤寂而贫穷。我只能以一个凭吊者的目光,在它的身躯上徜徉、留恋,最后还是选择了逃离。

素素说:"去西部的人认为神在西部,神使西部没有生命却包容生命。去西部的人感到自己只剩下了灵魂在走,是梦中的行走,被神灵托举着。"是吗?那么,我,这个从拥有着神的西部一路向东、东南偏东,直到东海之滨的这个小镇的人,是只剩下躯体在这珍贵的人间行走?又或许我的生命中会有许多地方成为一个又一个的驿站,而我,只能是一个行色匆匆的过客吗?

这是一块有着丰润文化的土地:有朱熹的"春溪流水去无声"的静好岁月,亦有吴文英"隔江人在雨声中,晚风菰叶生秋怨"的甜蜜与哀愁,以及秦观那"宝帘闲挂小银钩"般的闲情。

在这片四月的春光里,在一个个寂静的夜晚里,我的内心格外地清醒、活跃,而深夜里的阅读也让我的思维更加敏捷。

"花开不同赏,花落不同悲。欲问相思处,花开花落时。"在一个细雨蒙蒙的夜晚,读到这样的诗句总让人的心情明朗不起来。这位名叫薛涛的女子,在春天,似乎早已习惯了让自己的泪洒落在花瓣上,纷纷扬扬,飘飘落落。

在这样的雨夜里,就着一盏晕黄的台灯,捧着一本书,心在书中游。而那圈晕黄,似乎在照亮着我来时的路。于是,就想,转过身去,看看那些温暖而缠绵的细节。那些昔日的细节,仿佛是一首平缓、沉稳而简单的曲子,照在我那些不切实际的一个个非凡的梦想上。那些梦想,脆弱、晶莹而单薄,见不得阳光,如同海上的泡沫。

当然江南的春水也激起苏曼殊的向往:"春雨楼头尺八箫,何时归看浙江潮?芒鞋破钵无人识,踏过樱花第几桥?"(《本事诗十章》选二)四月傍晚的河面上,笼着薄薄的暮霭,丝丝缕缕的晚风也融了进去,有些有意又似无意。这个时节的河流曾在我的梦乡中出现过好多次,像很久以前看到的丁香花朵,次第地打开,让人不由得想起了"丁香空结雨中愁"。

这个四月,就这样一步步地走近我,并将我包围。

可能,还有一些光洁而美丽的诗句也一同伴随着我,清纯而瑰丽,在一个又一个清醒的夜晚让人慢慢睡去,老去,然后死去。只是,我希望,能,且行,且珍重;且行,且听鸟鸣。

旗袍情结

前些日子穿了一件粉红色的旗袍,上面绣了几朵梅,轻淡飘逸的样子,很合我的心意。为了相配,我特意把以前一直披着的长发绾成发髻,姑且也算是古典婉约一回吧。对于旗袍,以前就很喜欢,尤其喜欢淡雅一些的,如果上面能来几笔国画里的写意,穿在身上,那感觉肯定会让人心醉。

时常想起白先勇的小说《永远的尹雪艳》中那个喜欢穿白色衣衫的女子。她穿着白色的旗袍,冷眼打量着这个尘世,犹如千年前的一只白狐。似乎她从不衰老,也从不动情,身外的人生机遇对她来说,永远遥远而缥缈。她只在这喧嚣的人间保持着自己活色生香的冷静,这是怎样绝美的诱惑啊!

有人说,旗袍是从幽远的时代款款走来的华美,是女人最玲珑的风情。这优雅的华美和风情,又似乎将一种味道融于一个女子的身上。这味道,仿佛是从骨子里渗出来的一种氤氲,传统而温婉,柔软而迷离。

有人这样形容旗袍:"棉布的,素淡之极,清新雅致,如曲流池畔漫步笑语的清纯女生。丝绸的,柔滑之极,精致婉约,如隐约暧昧的灯光后,一张若隐若现同样玲珑精致的脸,袅袅烟雾流转着高贵的忧郁。缎制的,冷艳,高贵,是深宅大院里青春流逝的却强颜欢笑的哀怨,是灯红酒绿中最华美的烛光。无论是深紫的富贵、阴蓝的忧郁,端庄的笑容背后都隐藏着读不完的故事。"

一直不知道自己竟如此地喜欢这样一种服饰,直到有一天看见了《花样年华》里的她。

她拎着一个大匣子,行走在20世纪30年代的上海弄堂里,一种裹挟着内心孤寂与艳丽的浪漫气息短暂地在她的周围弥漫开来。而几乎是在同一时刻,缠绵、优雅、纤细一并从内心的最深处流淌了出来。

一股慵懒而华美的气息像晚霞一样笼罩了那个弯曲而幽暗的弄堂。

那美丽的旗袍包裹着的慵懒与闲适,仿佛是藏在她身上的云朵,变幻着不同的魔力,只一瞬间,便将我的心绪全然带入那个陈旧得有些发黄的年代。

她多么沉静,然而她又是多么落寞啊。这沉静与落寞像极了秋天的黄昏。

那一刻,我才终于明白,这种美为何永驻我的心田,且如此浓重。

是的,她真正穿出了旗袍哀婉的感觉。

忽然想起第一次穿旗袍时的情景来。

那天,和先生去保国寺玩。清晨,远山湿漉漉的,轻笼着绿色的雾,自成一派凄迷的氤氲。那天,正好第一次穿旗袍。身外,是寂寂古寺;心内,是一派古典与迷离。此景,此情,此身,恍若隔世,竟觉得自己不像是平常的自己了。张扬与开朗仿佛正逐渐剥离开来,只留下一个略显婉约的身影,永远地定格在了岁月之中。

记得那个发着"女子出名要早呀!"感叹的上海女子说:人生是一袭华丽的袍子。是的,对女人而言,最美的旗袍其实就是女人的生命。

长长短短的故事,零零散散的心绪,女人的含蓄与隐忍,忧伤与茫然,在岁月中层层堆积,如花般缤纷着繁华落尽的苍凉与凄美,又将岁月的沧桑蜕变成经典的美丽,看淡了世间所有的纷争,然后,用轻巧的碎步释放出命运赋予她们的才华与端庄。

此刻,都市依旧充斥着喧哗与骚动。但我依然心向古典,临水照花。因为我相信,无论何时何地,都会有一袭娴静而从容、雅致而温婉的旗袍包裹我的生命,陪着我辗转人生的孤旅。

韭菜耳环
——怀念我的小姨

　　一个人往往受生活的支配,生活支撑人的身躯,完成人的历史使命,但同时却又虚无缥缈,仿佛任人去自生自灭,不闻不问。

——劳伦斯

一

　　小时候,我特别爱吃韭菜。

　　那时候是几岁呢?大概是五六岁吧。每当春回大地,所有的植物开始抽出嫩黄的小芽儿的时候,我就整天蹲在外婆家一米见方的小小韭菜地旁,两只小手肘撑在腿上,圆圆胖胖的小手捧住痴痴的脸,而眼中,那一个个细小精巧的韭菜嫩芽儿,似乎越长越大……

　　这时候,慈爱的外婆总会疼爱地对我说:"孩子,别这么性急……"

　　我转过身子,用欢快的声音说:"外婆,等韭菜长大了,我就做韭菜耳环给您,比梅林小姨做得还好!"

　　"好,好,好……"外婆微笑着,一边应着,一边又轻轻地摇摇头,"这孩子,又在叫你小姨的名字!"

"名字嘛,本来就是让人叫的么!外婆,别告诉她——"我正要往下说,忽见小姨的身影飘过来,连忙收住了口。

"妈,是不是小凡又在叫我的名字!"小姨笑着问外婆,"要是叫了的话,我可就——"

"小姨,真的没有,真的没有!"我边说边向外婆挤眼睛。

"好呀,还说没有,看我怎么收拾你!"小姨边说边按住了我。

"小姨,告饶!告饶了小姨!我告饶……嘻嘻……哈哈……外婆……哈哈……嘻嘻……小姨,我……我……我以后再也不叫了……"

"梅林,看,小凡都喘不过气来了。"外婆拉起了我和小姨,摸摸我的头,"看把小凡笑得快要喘不过气来了。这个女娃……"

这以后,我还是暗暗地叫小姨的名字,当然每次都是她没在的时候。

二

据说,小姨出生的前夜,外婆做了个梦,梦见满山遍野的梅花在争先恐后地怒放,像一张张红润的笑脸,一阵阵沁人肺腑的香气也随风飘来荡去……

第二天清晨,外婆就生下了小姨。在这之前,外婆已生下了四个女儿和一个儿子。小姨的降临为这个家庭凑足了"五朵金花"。说也奇怪,我们这个家族的女儿总会与"五"有一个巧合:后来,舅妈也生了五个女儿和一个儿子,而外婆的二女儿,也就是我妈,也生了五个女儿,一个儿子。只是舅舅排行老二,而表哥排行老大,我家则是弟弟排在最后。

清明前后,田里的小麦和谷子都开始悄悄地伸出小脑袋。我跟着梅林小姨,挎着一个小竹篮,迈着轻快的步子,蹦蹦跳跳地向着田野进发。太阳和煦而温暖,大地在阳光下沉睡,一切显得那么静,空气中似乎弥漫着懒洋洋的气息,就连那轻柔的春风也似乎带着倦意。我吸吸鼻子,不错,这就是我所喜欢的气味儿:阳光、青草与泥土气息融合在一起的味道。

"小姨,这是什么呀?"我突然发现了一棵小小的草,上面还顶着一朵粉白色的小花,像外婆家门口的牵牛花,可比它小多了,颜色也不像。

"噢,这个呀,叫打碗花。"小姨看了一眼,双眼中冒出了惊诧的光,"呀,都开花了!"

她蹲下身子,轻轻地嗅那小小的花。

"打碗花?"我小小的脑子一下子转不过来,这小花与碗有什么关系呢?

"小凡,别小看了这小花,如果把它摘下来,放在碗下边,碗就会打碎。"

"真的?"

一听到打碗,我马上就不敢再靠近它了。前些天,我吃饭时不小心打了一个碗,被妈妈罚着没让吃饭,让我长长记性(不过最终还是偷偷地让姐姐给我端过来吃了)。我看着小姨轻轻地摘下它,轻轻地拢在手中,不时送到鼻子下闻一闻。

"小姨,这个叫啥?"

"这个呀,是苦子蔓儿,猪最爱吃它了。还有这,苦苦菜,听人说旧社会和'低标准'时的人都找着吃它,它可是救了一些人啊。这个呢,叫灰条,猪呀羊呀都爱。这种草有时长得比你还高哩!"

一整天,我跟着小姨走了好多地方,也认识了好多的花草,我们俩的篮子也早就满了。"小姨,咱们回家吧!"我拉拉小姨的袖子说。对于这田野,我早已失去了初次见到它的新鲜感,手中的竹篮也开始沉重了起来。

这时太阳已经到了地平线以下,大地边沿那片红霞已褪成淡粉色的暮霭,天空渐渐变为知更鸟蛋般的青绿色。田园薄暮中那超尘绝俗的宁静也悄悄地在我们周围降落。朦胧的夜色开始将村庄笼罩了起来。暖和柔润的春天的气息,带着新翻泥土和蓬勃生长的草木的潮湿味儿温馨地包围着我们。

快到村口时,我们就看到外婆远远地站在那里张望。看到我们,外婆嗔怪道:"早该回来了。看,天都快黑了!"小姨没说什么,只是走过去挽起了外婆的胳膊。我呢,早已扑进了外婆的怀中,不停地叫着:"外婆!外婆!"

三

我一直能清清楚楚地回想起那年六月十二日下午的情景。我和外婆坐在门前的大槐树下,阳光透过浓浓的槐叶的缝隙,洒下美丽的图案,像条花边网眼织成的披肩似的披在外婆和我的身上。槐树的有些叶子是墨绿色的,有的是黄绿色的,有的是淡绿色的,就像朵朵平展的花儿。

"别动!外婆!"我嚷道,"瞧您的头发,还有衣服……"我用惊喜的声音说。外婆抬起了头,我仔细地望着外婆的眼睛,那里面除了我日常所熟悉的宽厚、慈爱和善良外,更多了一丝忧愁的影子在里面。

我记起来了,外婆这些日子总时不时地傻坐着,有时还在悄悄地抹眼泪。

"外婆,瞧!韭菜耳环!"我晃着手中两条长长的用韭菜做成的耳环,"可惜我小姨去城里了,不然我也给梅林小姨做一对!"

刚说完,我猛地记起我刚叫过小姨的小名,于是吐吐舌头,又摸摸头,可外婆却已转过了头。

"来,外婆,我给您戴上!"我转到外婆前面,正准备给外婆戴耳环时,却惊奇地发现外婆在哭。

"外婆!怎么了,你?"我着急地摇着外婆说。

"没什么,小凡,你去玩吧。"外婆的声音低低的。

第二天,外婆到城里去了。随去的还有妈妈和大姨。

九月,我进了学校,开始一种崭新的生活。只是没有了时间去外婆家,有时我倒怪想外婆和梅林小姨的。但学校毕竟也有很多的新鲜事,我也逐渐地在与小伙伴们的嬉乐中忘记了这些。

一晃又过了半年,我由于各方面表现突出而被同学们推选为"三好学生",据说"六一"儿童节就要发奖表彰了。我开心极了。

没想到的是,发奖大会上,我却变成了"红花少年"!"三好学生"却是另一个各方面都不如我的小男生,他是我们班主任的儿子!

回到家,我刚准备告诉妈妈和姐姐这件事时,却发现家中的气氛不对:人人都哭得眼睛红肿、泪流满面。看见我,妈妈只哽咽了一句:"小凡,一会儿你外婆回来,千万不要问起你小姨!"

我突然就打了一个冷战。

小姨去城里已一年多了,总听见妈妈说她在住院,外婆去伺候也有近一年的时间了,难道说小姨她……

我不敢再想下去了。

那时在我幼小的心灵中已经开始有生与死的具体概念。于是我拼命地摇着妈妈的手说:"妈妈,我小姨怎么了?我小姨怎么了?"

"呜……"妈妈又哭了起来。

"小姨死了!"姐姐哭着说。

"小姨……"我一下子大哭了起来,这时心头的愤恨与对小姨的留恋都让我无所顾忌地放声大哭起来。

我跑到院子里的一截土墙边嚎啕大哭……

一年级后,我和二姐被爸爸带到固原城里进入城关第四小学读二年级,从此与镇上的人和事渐渐地疏远了。我,从此真正地成为了"边缘人"!

四

转眼间,十年过去了。

一次无意中,我才听爸爸说起梅林小姨的事来。原来当时我的一位城里的姑爷谈笑中说小姨长得样子好,性格又温柔,想说给他的大儿子做媳妇。说者无心,听者有意,小姨竟从此将这些话深深地埋在心底。两年后,姑爷的那位儿子复员回来,却嫌弃小姨是农村户口,没有答应。

这事就这么搁了下来。而小姨却开始以自己的方式糟蹋自己的身体,就如当年的林黛玉一样。

"你小姨的死其实是由心病引起的!"爸爸又加了这么一句。

我听了以后默默无语,暗暗叹息。虽然我不相信什么轮回,但我却希望这世间真的有佛教中所宣扬的那些因果报应。我想我的小姨或许和林黛玉一样也是那个仙境里的仙子。这样一想,我心里就释然多了。

外婆每年总要到城里的黄崞山去,给小姨化纸。每年一到小姨的祭日,外婆总要大哭一场。现在我才深深地体会到"白发人送黑发人"的辛酸与悲苦。

五

快过中秋节了,月儿也圆了几许,亮了几许。轻轻地推开简陋的小屋门,在那淡蓝色的气氛和迷人的隐秘之中我不由得大口呼吸起来,一颗颗宝石般的星星像三月里迷人的柳芽儿那样温柔,它们在遥远的苍穹若隐若现,友好地向我眨着眼睛。

"什么时候,我见过它呢?"我悄悄地问自己。

满庭月影,像夕阳中的新娘一样,幸福地微微地移动着细碎的脚步。有斑驳的黑影在忽闪忽闪地跳动,那是梨树的影子。

我想起来了:那时小姨还没有病,也是这样的一个夜晚,我和小姨坐在院子里,用在后院韭菜地里割的鲜嫩的韭菜,一心一意地打着韭菜耳环。先挑一根又嫩又绿的韭菜叶,然后轻轻地向下一折,往下一拉,让另一面的透明的膜不要断;再换一个方向,轻轻地向下一折,往下一拉,也让另一面的透明的膜不要断……有一点需格外注意:要让每次往下拉的长度跟韭菜叶的宽度一样,这样就会显得匀称美观了。等到打好两条长长的韭菜耳环,我们就挂在自己的耳朵上,脸上就有了娇羞的表情,仿佛一下子就漂亮了起来。因为从小我们当地的说法就是:戴耳环,擦胭脂,坐上花轿当新娘。尤其是小姨,挂上了韭菜耳环,在月光下就显得格外的美丽。

只是现在,月光如水水如天,而我的小姨却香消玉殒。是啊,天尽头,何处有香丘?

北宋词人张先在他的《千秋岁》中写道:"天不老,情难绝。心似双丝网,中有千千结。"他所描绘的那份执着的恋情又是多么的感人。

多么希望我的小姨能在天堂里遇到这样一份爱情,给她孤寂的生活带来一丝亮色。金河仁在《七朵水仙花》中说:"人的悲伤应如同行走的树。"我美丽的小姨随风而逝,留给世人的是一个孤独而凄美的背影。而我,在她远去天国二十多年后,才又拾起这段已被许多人包括我的那些亲戚们忘记的故事。没有办法,这个世界上,总有许多人很容易患上健忘症。

法国诗人兰波说:"生活在别处。"我想我的小姨梅林只是生活在不同于我们的别处而已。

小姨,你的微笑和悲伤就是伤痕的纹路,呈现出血样的美丽,如同你短暂的人生一样!如今我只能在这里用我感伤的目光随着你远去的身影而独自哀婉,独自叹息……

如风岁月

> 往回走,走向你的内心吧,不要追随盲目的时间。假如你能得救,那是你在拯救自己。
>
> ——彼埃尔·勒韦尔迪

一

总是不能忘记那些宁静的黄昏,那些黄昏下的少女,不能忘记她们清澈眼眸里纯洁和希望之光。

二

中午的阳光灼痛了她的眼睛,那是一双喜欢待在黑暗中的眼睛,在黑暗里发出闪闪的亮光,到了有光线的地方则会习惯地微眯着,似乎在沉思。

她给以前的好友发了短信:暑假回家么?

等了好久,终于听到了嘟嘟的短信提示声。拿起来一看,只有两个简单得不能再简单的字:不回。

没有标点,也没有任何的理由。

于是,她就知道,联系着她们两人的那些如歌似的青春岁月已经永远地离她们远去了!

她有些伤感,是说不出口的。

眼中有些湿润。望着车窗外色彩纷呈的广告牌,还有那些永远穿着美丽服装的或年轻或风华已逝的女人们,她硬是将眼中微微的湿意压了下去。心头却有一种无法说出的孤独,本来是一颗充满温暖的心,却一下子无法找到安放的地方,就有些慌乱了。

下了车,她有些无所适从,好半天才想起该回家了。顺着陡立的逼仄的楼梯往上小跑,不知为何,脚步有些凌乱,还有些踉跄。在四楼她遇到了一个男人,有些惊诧地望了她一眼。她直跑入卧室,才安下心来。

打开灯,一本书搁在床头柜上,书面在日光灯下散发出冷艳的光泽。

她又关掉了灯,在黑暗中,她的眼睛如黑暗中的野兽,没有疲倦,没有慌乱,有的只是一种清醒。她躺在床上,不知在沮丧什么,却有了一股莫名其妙的万念俱灰。她怀念起过去来了。那些散发着岁月芬芳的氤氲气息迎面扑来,那些日子是如此美丽,仿佛连清贫都是美丽纯洁的。

三

七年前,她从北方来到了南方。

在这烟雨朦胧的江南里,她看到了真正的如烟似雾的雨,还有那些雾气,如同白纱一样,笼住了那些山儿、树儿、花儿、草儿,以及那美丽曼妙或小巧秀气的山丘,让她们也做了一回穿着白纱的新娘。桥是真正的古桥,大多都有几百年的历史。背阴处有一些浓郁的青苔,斑驳地点缀着这些历尽沧桑的时间老人，散发出远古的微微的气息，让人有些醉意，想顺着时光的影子爬进去。那船，便是有名的乌篷船了。两头儿尖尖的，中间突兀地鼓起，像孕妇的肚子，饱满而孕育着生机。它们有时会轻巧地漂浮在周氏兄弟的文字里。如果此时能飘来一些烟雾般的雨，那么，就可以坐在这样的船里去感受诗意的江南了。

这是一个在古代文人墨客的笔下出现过多少次的水的故乡啊："瓜洲渡口山如浪，扬子桥头水似云。"江南的水也造就了温婉细腻、柔肠千转的江南之人。

想到这里，她微微叹了一口气。

她想，她是来这里感受那个词的王朝里一个失意的文人遗失的一段美丽而又凄婉的爱情绝唱的吧？

她想起了自己曾经写过的一篇《感念词的王朝》的散文：

我的目光投在了一个人的身上。对的，是他，没错的。在一个春天的傍晚，他登上高楼，凭栏远望。因残阳映照下的"草色烟光"而引起无穷无际的秋思。他思念着所爱的女子，黯然的春愁弥漫了天际。有谁能够理解他此时此刻的心情呢？

衣带渐宽终不悔，为伊消得人憔悴。

当我面对着秋日沈园的枫叶时，心头就涌上了一股无以言说的酸楚。透过千年的历史的烟火，走过了多少的沧桑，今天才终与我相遇在这里。它一下子击中了我柔弱的灵魂，顿时我失神般地站在那里，眼中全然是空洞和泪水。

四

那时的我们都对爱情充满了憧憬，同时又有一种恐惧。我们未来的希望又是多么渺茫。

这是你去了宁大后的一封来信：

> 至于 G，我近来似乎对这事有些倦了。我突然觉得好久以来，我似乎都在和 G.P.C 这个名字对话。它是一个名字、一种寄托，而不是一个活生生的人。一段时间我对自己很自信，我愿意过一种清贫但安逸的生活，但我又会怀疑自己是否会经得起物质的诱惑，是否会对他忠诚，或许在利用了别人之后，我会抛弃他。是的，我这样怀疑自己，也在怀疑他。一个纤弱的朦胧的人，他在轻易地得到后又会做出什么？从不多的所闻中，我有时决心为这个缺少爱的人尽我的力去弥补他所需要的一切。但我看到过一句话："女人往往企图以她们的爱去感化男人，并想把他们从某种困苦中解脱出来，并认为自己干了一件很高尚的事，而结果是出乎她们所料的。"有时为自己感到悲哀，似乎自己没人要似的，很可笑。很长时间没有收到 G 的信了，似乎随着这种时间间距的拉大，他的印象便在我的脑海中渐渐消融着。我想，或许这段时间他也在认真地思考着，或许这种保持沉默并从此销声匿迹的做法正是一种暗暗的决心，也是事情的结果。

那段日子，我们都在寻觅着自己的"家"。其实，我们都是在追求永恒的真爱，我们在寻觅那个"执子之手，与子偕老"的人，用以抵御生命中的凄苦与无常。

我知道，你我都是一样的，在骨子里。虽然我们生活在各自的领域里，但你身上的那份自尊与我一样。我们不愿意屈从命运的安排，我们用自己瘦弱的肩膀拒斥着现实中的无奈。

　　那些同时求学的岁月已随风而逝，没有了淡雅的芬芳。

　　如今，我与你信中的那个代号为"G"的人在同一个城市里生活，他有了自己贤惠的妻子和漂亮的女儿，并且还用自己的笔继续着自己心中的缪斯之旅。那天告诉你关于他的消息，只是因为忽然记起了我们曾经的那些岁月。

　　八年形影不离青春相伴的日子啊。

　　约略记得故乡那所固原一中，那是我们俩共同的母校。靠近实验室一侧站着一群树，高大而蓊郁，却不知晓其名。我们常在它们的枝叶下畅想未来，那树影中收留着我们掩藏在青春身躯里的忧郁的眼睛。只是我们从不知道，将来的我们也会走出故乡，在这江南的一隅继续我们余下的青春……

　　时间，让承诺过的爱情灰飞烟灭，也让颤抖的双眸拥有了自己明亮的光泽。

　　岁月真的如风啊，当我十年后向我们来时的路上回望时，我发现，一个人走过青春走过大地时随手留给将来的诗句，哪怕是一个词语，也会让你，还有我，在寂静的夜晚里泪流满面，直到天明。

　　多年以后，萍，如果我在一片广阔的原野上呼唤着你，你会不会如约前往？带着我们年轻时白如羽翼的理想和我们纯洁的友谊，和只有步入了中年之后才能体会到的那份真正的人之孤寂与顿悟？

　　在小雨飘飘的江南水乡，在洒满了斑驳光影的斜坡上，面对着我们一起走过的春夏和秋冬时，我的内心泛起微微的痛楚。

　　只是那时的我们，从没有想过，我们经过的那些如风岁月，不仅是一个人一生中最华美的时光，而且也有悲怆灵歌般的生气缭绕。这缭绕，如同一面旗帜，指引着我们的目光向来时的路回望，直到我们都死去……

　　就这么望着吧，萍，直把尘世望成那双我们为梦而飞翔的羽翼。

永远的东坡

一

当我开始试图追踪自己心灵的飞翔轨迹时,我就有了一种无法回避的窒息感,它们游离于我的躯体之外,如夜色中迫近的流星,突然在脑海中呈现,让我感动并欣悦,但随即又消失了。直到有一天,我的目光透过历史的帷幕,穿越了闪烁着奇异光彩的词林,来到了用词来全方位地展示人们心灵的北宋,在粼粼碧水的衬托下,我一眼就瞥见了他——苏东坡。

哦,我的东坡居士啊!

宙斯曾通过神使赫尔墨斯警告人类:"你们不是不知不觉,就是愚蠢,终将被缠身在解不开的灾难的罗网里。"许多人如果被缠于其中,大多选择了极端:要么沉沦,要么奋发,有些人更是选择了解脱。但东坡却以一种豁达而乐观的人生态度与澄澈的精神境界独立于中国文人之外。

有时候,当我面对着一首古诗、一幅字画、一只古酒罐,心底都会荡开一片古旧而馨香的涟漪,依稀会看到唐朝橘红的烟尘与宋朝暗黄色的天宇。

每次,当我迈入中国古代词林,即使杳无人影,我依然会感应到远古年代东坡那深邃的流涌。

那悠扬的歌声,分明凝结在黄昏后升起的星空;而亘古年轮一样的一圈又一圈的华席间,仿佛有明明灭灭的火炬和献给词人的桂冠,在闪烁,在哭泣,那是他在赤壁之下的碧波中发出的。

中华词史上少不了这长江之水,更少不了这东山之月啊!

黄州,这个东坡第一个贬所,给予了词人太多的苦难,然而,它也给予了词人丰饶的滋养。它使词人经受了前所未有的困窘,也给词人以浩荡刚强的胸臆。啊,东坡,你在这赤壁峭立的长江边上,写下了多少令人解颐、使人低回、让人举首浩歌的名篇佳作啊!

北宋元丰五年(1082),漫步在长江岸边的东坡,望着不知什么时候就这样不息奔腾的长江之水,把酒临风,挥毫写下了震烁千古的名篇《念奴娇·赤壁怀古》:

> 大江东去,浪淘尽,千古风流人物。故垒西边,人道是,三国周郎赤壁。乱石穿空,惊涛拍岸,卷起千堆雪。江山如画,一时多少豪杰。
>
> 遥想公瑾当年,小乔初嫁了,雄姿英发。羽扇纶巾,谈笑间,樯橹灰飞烟灭。故国神游,多情应笑我,早生华发。人生如梦,一尊还酹江月。

面对滚滚东去的长江之水,词人的思绪飞向了广阔的时空与悠远的历史。在历史的长河里,辉映着多少建立了奇功伟业的风流人物。但是,岁月又那样无情:无论何等杰出的英雄,在时间的长河里,最终,不过成了渺茫的一点陈迹。面对时空的无限,他不禁感到个人的渺小与无奈。于是,在追慕前朝英雄豪杰的同时,词人深深地感悟到了人生的虚幻与某种意义上的荒谬。

贬谪的生涯,给词人带来的是肉体和精神的双重苦难,而抗御这种苦难,既需要一个坚忍的精神支柱,也需要一副淡化世间痛苦的眼镜。东坡的这副眼镜就是佛教。他借助这副"眼镜",获得了一份心灵的安适与超越,摆脱了在宦海浮沉中遭受的精神扭曲,在失衡的人生境遇里重新获得了心灵的平衡。但词人并非只是用禅宗观来淡化逆境中的困厄,而是站在人生的边上,呼吸着亘古的长风,涵泳在历史的余香,吞吐着宇宙的浩气。他慨叹着"人生如梦",可还是羡慕着周瑜、曹操这样留下千古英名的豪杰!这是一种精神的"复调",两种声音、两种意识扭结在同一首词中。也许,这是一个困扰了无数代人的悲剧——人生之须臾与时空之无限。

那么,该如何面对这个问题呢?

有人停步不前,而东坡高昂着他那颗高贵的头,不停歇地行走着,就像罗丹的青铜雕塑《行走的人》,仿佛经历了炼狱之火,憔悴得只剩下瘦瘠的躯干和枯干的双腿,却仍抬起了仰望的脖颈,走啊走……

二

东坡有"大江东去,浪淘尽,千古风流人物"的举头浩歌,也有"小轩窗,正梳妆,相顾无言,惟有泪千行"的缠绵。他在中国文化史上是一个巨人,他的一生也充满了坎坷、饱尝了风雨,但他不为权贵所摧残,亦不为风雨所动摇,而是以一种坦荡的人生态度对待这一切。在自然的风雨中,他"吟啸且徐行",《定风波》就是这样的一首名作:

> 莫听穿林打叶声,何妨吟啸且徐行。竹杖芒鞋轻胜马,谁怕?一蓑烟雨任平生。
>
> 料峭春风吹酒醒,微冷,山头斜照却相迎。回首向来萧瑟处,归去,也无风雨也无晴。

雨中散步,也许算不了什么,但诗人的意思绝非在此,而是表达了一种坦然面对人生的镇定与自信。

想当初,春日出游,风雨骤至,同行皆狼狈不堪,东坡却毫不在乎,泰然处之,任凭衣衫湿透,依旧吟啸徐行。一阵寒风吹来,酒意全消,始觉微凉。不一会儿,天放晴,好像什么也没发生过一样。

三

东坡的人格魅力所折射出的光芒,如河上飘缭着的雾霭,丝丝缕缕地融进黄昏里、夜色中。闻去,有缕缕清香,让人在惊讶之余感到温馨与可亲。无论怎样,它在漫长的历史长河中,就像阳光一样,温暖着大地,让无数大大小小的真实生命从草尖、从树丛、从林海、从各种巢洞里奔涌而出。它的光辉,点缀了一种美丽的人生。

有多少缠绵悱恻的爱情呵!而东坡作为一位豪迈的词人,对于他早逝的妻子,在悼亡中流露出的对爱人的款款深情,仍一如既往地超越了生与死的界限,仿佛一棵凄婉的百合花连接着人间的自己与幽冥之中亡妻的心。

一千年过去了,许多人还在为这首词默默地感伤、辗转,甚至流泪。这就是他的《江城子》:

十年生死两茫茫,不思量,自难忘。千里孤坟,无处话凄凉。纵使相逢应不识,尘满面,鬓如霜。

夜来幽梦忽还乡,小轩窗,正梳妆。相顾无言,惟有泪千行。料得年年断肠处,明月夜,短松冈。

东坡的妻子王弗与东坡是琴瑟和谐，伉俪情深。她的早逝使东坡非常悲痛，一直在心里思念着在如花岁月里早早凋谢的妻子。在梦中，东坡和王弗相遇，两人彼此默默无语，凝神互望，心中似有千言万语，一时又不知从何说起，眼泪不禁滚滚而下。

亡妻就这样永远活在东坡思念的长河中……

想起了《飘》中的阿希礼——这个信仰自由、平等、博爱的男人，也是当时美国南方最后的精神贵族，他宁愿躲在梦中，看眼前的生活像云烟一样飘过，飘过……也不愿清醒地活在现实里。这种梦幻的生活，确实有一种真正的美。留恋这种美，其实就是他想挽留的旧的生活方式，那种由田园牧歌式的诗意与安详所散发出的。而这一切，都与他的爱人——媚兰紧密相随。直到媚兰死了，他还沉浸在对妻子的思念中。这个将书本和音乐作为自己挚爱的理想主义者，活在乱世里，守望着一个随风而逝的年代，也守望着自己内心平衡而高贵的美。

苏东坡与阿希礼两位男子，对妻子的怀念方式虽有不同，但对她们的那份真挚的爱与思念却穿越时空，在公元 2009 年的秋天里，又一次感动着一个寄居在江南的北方女子的心。这么多年了，她生活在这块远离故乡的土地上，孤独着，残喘着……

四

在中国古人的观念中，"天"就是宇宙，就是自然，人与自然息息相通。天地因人而有了灵气，人因天地而有了居所。东坡在出京外放的那段日子里，写了许多关于美丽的自然风光的词篇，展现出了一幅幅令人心旷神怡的画面。

东坡在任杭州通判时写下的《虞美人·有美堂赠述古》一词,在这号称"人间天堂"的杭州,他看到隐隐的青山,粼粼的碧水,在余杭一带,弥望千里。在沙塘河一带,华灯初上,传来《水调》的曲调,轻缓悠长,缭绕在夜色里。醉别欲归之际,只有一轮明月照在碧绿的水面,像一首优美的诗。

东坡从北宋熙宁四年(1071)自请外放,连任了杭州、密州、徐州等地的地方官。在地方州府任上,他为百姓办了许多实事,有非常好的口碑。尤其是在徐州带领军民抗洪救城,取得了巨大成功,受到徐州百姓的赞颂。他也特别能体恤民情,为百姓着想,所以深受百姓爱戴。徐州大旱,他不辞辛苦,亲自跑到距城二十里处的一个石潭去求雨。降雨后,又去谢雨,并在赴徐门石潭谢雨道上写成了《浣溪沙》(其一):

簌簌衣巾落枣花,村南村北响缫车,牛衣古柳卖黄瓜。

酒困路长惟欲睡,日高人渴漫思茶,敲门试问野人家。

这一年,东坡43岁。

纵观历史,有谁能像东坡这样在各个领域里驰骋纵横,有那么高的成就?尤其值得一书的是,他以自己独特的人格魅力感染和影响了一代又一代处于逆境中的文人,为中华民族留下了那么多珍贵的诗词书画。

作为一位真正的词人,东坡的一生身躯与灵魂都完美结合。在这奇妙的身体中,灵与肉不可分离地相拥为一,缠结着生命的酣畅和困顿,也缠结着灵魂的欢悦与羞涩,然后,一道飞向了澄澈的天宇之中……

应该有一首沧桑而沉稳的曲子,来陪伴他一路前行。从黄州到海南,除了乐观与潇洒,他也很悲观:"某垂老投荒,无复生还之望。昨与长子边诀,已处置后事矣。今到海南,首当作棺,次便作墓。乃留手疏与诸子,死则葬于海外。"这是在雷州时,东坡和弟弟苏辙及儿子们在一起时,感到这可能是他们最后一次团聚了,遂在给王古的信中写下当时的感受。

哦,东坡,你以自己独特的人格魅力站立在中华词林之中,就像一棵挺拔傲然的白杨树一样,不停地思索着,一直向更深处走探去。在远远的前方,仿佛,你和命运一起,指引着我前行……

哦,东坡,我心中永远的东坡!

怀旧的孩子

　　岁月的枝叶在细节中飘荡,又在细节中囤积下来。当我怀着细如琴弦的感叹,从记忆的深处搬出一些零零碎碎的细节时,隐约听到几声或幸福或心酸的回响,它们曾经被流水冲入心底的某个角落,最终表现为故乡小城里的清寂的飘雪、高舞的鹞子、干涸的清水河,还有大片大片摇曳多姿的麦田和金灿灿的向日葵……

　　清朗的阳光把初夏的日子撕扯得细长细长,就像女子的发辫一般,还散发出幽幽的清香来。人在这样的阳光下常常会昏昏欲睡,但又容易被外面细小的声音惊醒,便睁开半只眼,慵懒地向四周瞥一下,又慢慢地合上了。

　　不远处,是一大片的向日葵,如同怀春的少女般将自己丰满的面庞垂下,而微微颤动的头颅将自己满心的喜悦传递了出来。她们在互相倾诉着各自的欢喜与烦恼,肩并着肩,手牵着手。那一片耀眼的黄啊,能逼人的眼。当你面对这一片向日葵时,你的心头会升腾起一种叫作感动的东西来。于是,你的满眼都是燃烧着的黄色的火焰,她们似乎想烧掉整个世界。但是,你的心头便有了一股不灭的火。你想放声歌唱,你想在狂风中奔跑,你想从很高很高的地方飘下来,就像那个美国作家,哈特费尔德。当年,他特意赶到纽约的摩天大楼,从天台上一跃而下,像青蛙一样瘪瘪地摔死了。而他墓碑上的那句尼采的话"白昼之光,岂知夜色之深"常常会让你的心体会到什么是反差。

那时,你会想,哈特费尔德是否想做一只童话故事里的青蛙王子,所以他才选择了壮烈而唯美的飞翔姿势,在飞离平台的一瞬间,他又一次复活了。

他成了真正的王子。

此刻,在北方初夏的阳光下,你会觉得爱和恨、生与死都同样闲适而平和。就像在这样的阳光下,如果你有一头浓黑细密的长发,在一口长满青苔的老井旁用散发着檀香的木梳打理着它一样。那种情境,是一种无法诠释的温柔与浪漫。那是一种古典之美。

你会仰面躺下,谛听麻雀的鸣叫,那是一种自然的美妙的音乐,你会躺在那一片向日葵的对面,微眯着眼,静静地听上一个下午。

你会在这样的日子里,在风中,听着这一切。可是,我知道,你在寻找那股灵魂的气息。

村上春树在《且听风吟》中说:"一切都将一去杳然,任何人都无法将其捕获。我们便是这样活着。"的确如此,但只要你还有一颗追求逝去的风的心,那么一切又当另论了。至少你还可以在野外的风中走过微醺的春天,走过炎热的夏季、金黄的秋日和洁白的冬雪。或许你还可以一路高歌,找到一些破碎的岁月和思想。如果找到了,你就会为她取一个好听的名字,你叫她——怀旧的孩子。

辑四 纸上江湖

夜晚的阅读

一个个白天从我的指尖溜走,匆忙而喧闹,有些不留痕迹。

夜晚,常会在台灯前读书。于是心情不再烦闷,而喧嚣的尘世似乎也从自己的眼前飘散开去,心灵深处会充满一种平静的幸福与安详——与书中人物心心相印的平和之感。

在一个又一个深夜里,当我与书相遇时,当我写字时,我看到另一个我站在我的对面,微笑颔首,就像露水一样,轻盈而洁净。我开始细细地品味幸福到来之前的那份平和,也许平和本身就是幸福的一部分。

"书香轻拂沁心灵,诗行轻滑渗血液。青春时所读之书,垂暮时依然会回想,仿佛就在身边发生。书籍价廉物美,我们就在书香中呼吸。"这是英国人塞缪尔·斯迈尔斯在他的《与书为友》中借黑兹利特的口表达出自己对书的看法与态度。

或许他说出了许多读书人内心的想法。

在书里,北京的胡同、上海的弄堂、南京的秦淮河、雪域高原的苍茫神秘、西安古都的沧桑厚重……都会迎面而来,就像久违的故人。

一直以来就特别喜欢安妮宝贝的文字。她文字中的沉静和颓废如花谢的气息一再吸引着我。那是一股纯净的风,在我平淡而略带忧郁的每一个夜晚里，给我一份沉思与享受。

记得安妮宝贝曾说："任何人的青春期，都带有血腥的残酷意味。"这样的文字，最适合在温暖的春天的黄昏里阅读，透过蓊郁的树缝，像水一样倾泻下来。但我还是选择在夜晚里阅读，或许是因为我同其他喜欢在夜晚里穿梭的人一样，喜欢静，想守住这份寂寞和孤独的感觉吧。

在刘亮程的文章中，我读到的是一份对故土的农民式的虔诚与眷恋，还有一种厚重与温暖："学会唱歌，把快乐唱出来，把忧伤唱出来，唱出祖祖辈辈的梦想。如果我们的幸福不在今生，那么它一定在来世。"他的文字，清澈明丽，对亲人的那份感情让我常常会想起留在故乡的亲人们："如果我真的死了，像《古兰经》中说的那样，我会坐在一颗闪亮的星宿上，远远地望着我生活过的地方，望着我在尘世中劳碌的亲人。那时，我应该什么都可以说出来，一切都能说清。可是，那些来自天上的声音，又是多么遥远模糊。"

素素的文字就像她的名字一样，朴素而又充满历史的凝重感。她笔下的大连、瑷珲、哈尔滨、于家村、金州卫和复州城，哪一个不是带着泪水的玫瑰啊。她的散文集《永远的关外》让我一读再读，她的风格也被我悄悄模仿着。

米兰·昆德拉在他的小说《不朽》里，曾提到一首熟记于每个德国小学生心中的诗《漫游者的夜歌》。小说中的父亲作为一个德国人，唯一的乐趣是向他的大女儿背诵歌德的这首小诗。当父女俩背诵到最后两句时，声音变得非常响亮，在方圆一公里以内都能听到。父亲死前两三天，躺在床上，又跟女儿轻轻地吟诵着这两句诗，而女儿马上分辨出父亲即将死亡。这些描述也就是昆德拉所说的"使生存的某一瞬间成为永恒，并且值得成为难以承受的思念之痛"。

轻轻地捧起迟子建的《逝川》，手中似乎也捧起了那个特殊的村落——漠河村，这个给人带来神秘与幻想的区域：半年，村子在黑夜里生息起伏，也在沉睡；而另外的半年，村子又笼罩在一片白夜当中。那些无尽的寒冬里，高高大大的木制房屋坚忍地站立着;那些在冰层下潜涌暗流的小河,孕育着春光无限,在夜晚里,用心读着她的《白雪的墓园》。这些散发着对亲人缅怀的文字,常常让我陷入沉思之中:我背离遥远的故土,来到这东南的一隅,我追寻的到底是什么呢?

翻到一本《海子诗集》,里面有一枚梧桐叶,有些发黄。记起了那时有风吹过,簌簌地有梧桐叶落下来,恰巧有一枚掉在我的书上,顺手把它夹进书里,权且当作一枚书签,算是对这落叶的默哀,也算是这个秋日午后赐予我的一份留念吧。

读完《李清照评传》,这样的一位女性形象逐渐浮现于我的眼前:少女时代小巧嫣然,热情奔放,思维活跃,文采飞扬,常常呼朋引伴相携郊游,饮酒斗诗作乐。也常常羡慕李清照和赵明诚的伉俪情深,特别是他们在比记忆力时这个小女子所透露出的那种小小的得意与娇羞。

夜晚,读着抒情的或是充满哲理的文字,我常常沉浸于这份安详与幸福之中,这种心境让人无法自拔。在夜晚中阅读,在阅读中感受着流浪的自己与远离的故乡。在内心深处,我也在怀念着那些固守在故园的人们,他们的喜怒哀乐依然会让我牵挂……我在一个个白天里经历着岁月,而在一个个夜晚里守望着坦然、幽深,和故园与生命共舞,留下点点文字!

寻找心中的卡洪莎
——读《没有悲伤的城市》有感

书的扉页上有这样的字迹:"我们每个人在寻觅心中尚未崩塌的地方,过上我们自己想要的生活,那就是我们没有悲伤的城市。"

2011年夏日的午后,燠热的江南滨海城市,一阵急骤的暴雨刚过,空气里弥漫着泥土和青草的芳香。久违的凉爽让整个人也似乎清醒了起来。女儿脸上还带有草席的印痕和梦乡里的呢喃。就是在这个时候,阿诺什·艾拉尼带着他的《没有悲伤的城市》向我走来。这个夏日和别的夏日没什么区别:我刚刚从一场探亲的旅途中归来,疲惫中带着早已适应的江南气候给自己的烦躁。就是这样的一个普通的夏日午后,我和阿诺什·艾拉尼在雨后相遇。白皮的封面,右上方是一个男孩子清澈明净的双瞳,看不到任何的悲伤。有的只是梦想光彩的交织与闪耀,就像这树叶上残留的闪闪发光的雨滴,纯粹而晶莹。就是这一双眼睛,闯进了我的视野,让我有了一种渴望,想走近这个孟买小男孩没有悲伤的城市,哦,这小小而又执着的梦想世界。

我坐在地板上轻轻地翻动着书页,在想象中拼凑并还原着这个"明亮而又忧郁"的城市里,"因种族和种族的冲突",两个有着不同宗教信仰的群体给社会带来的创伤和苦难。文字把我带到遥远的孟买。

祥弟是一个十岁的孤儿,住在孤儿院里,瘦弱、敏感而内心丰富。这个从生下来就被人用一块白布包裹住自己生命的小男孩,在无尽的想象里猜测着自己父母亲的样子,和为何抛弃自己的原因。肋骨突出的他,"试着把肋骨往回推,但是没有用,它们仍然从白背心里凸了出来"。

他对这个世界充满了感恩,特别是在孤儿院时。他"喜欢脚踩着热乎乎的土地的感觉"。有时他"会摸着墙上的黑色石头,想着青苔会从上面长出来。雨水会使墙上出现生机,但还得几个月他才能深深呼吸着自己喜欢的气味——第一阵雨的气味,来自满怀感激的土地得到了雨水的滋养,是他这一整年所梦想的"。"他的周围开放着三角梅,那是他最喜欢的花。粉粉的、红红的,洋溢着爱。他喜欢站在井栏上的感觉;最喜欢的是耶稣头上的光环。祥弟知道,比起那些盲人、生病的孩子,甚至身上伤痕累累的流浪狗,他的境遇要强得多了……"

我坐在地板上,手中的书页变得沉重了,脖子有些酸痛。不知何时,暮色初至,天空像一只巨大的灰鸟罩住了光线。我打开灯,让迎面扑来的火焰,舔尽艾拉尼小说中的寒冷和伤痛。放下书,在窗口向楼下望去,下班回家的人多了起来,小区稍稍喧闹起来。一些老人开始走出家门,在习习的凉风里享受夏夜的美好。啊,这世俗而充满烟火之色的人间,因热闹而珍贵,因沉寂而美好。

此刻,初秋的一个蛙鸣阵阵的凌晨里,马路上的行人已开始了新的一天的生活。一想到那个不久前刚刚过去的夏日的午后读《没有悲伤的城市》的情景,就像没有任何时间的割裂与隔离。我想,那一个下午时光里的我,一定是被艾拉尼的文字击疼,被桑迪、祥弟、古蒂们的悲惨命运击疼,才会产生痛苦,而这痛苦让我拥有了更多的阅读热情与幸福。

孟买是苦难的,但祥弟不是悲愤的种子,也不是一块石头,他是一棵纯洁的幼苗,正在奋力成长。在冰冷的苦难面前,深藏在祥弟内心的是坚实而执着的梦想,需要时光,耐心地等待花开。

孟买的每一块石头,每一个地下道,那个由饥饿、疾病、种族冲突交织的孟买,都深埋着祥弟的目光,但他的目光却没有被这些所羁绊。因为他有梦想,并让伤残的桑迪有了飞翔的梦想后,不再是绝望地死去。

深夜里,我又一次静静地注视着作者艾拉尼深邃而炯炯的目光,这个出生、成长于孟买的印度男子,1998年移居温哥华,2004年他的首部长篇《那残废和他的护身符》引起文坛瞩目,两年后的《没有悲伤的城市》畅销十一国,成为感动世界的文学经典。我发现,他的目光里储蓄了太多的忧郁,漫出了印度文化幽香的气息,却也带有一股绝望之后的沉静与希望,就像全书结尾处所描述的:这些用三角梅做成的马富有野气地飞奔着"越过惊呆的人们头顶,跃入了海中"后,"在祥弟身后,突然出现了一群飞翔的鸽子,好像它们同时飞上天空一样"。我们默默地相互注视着,无论是奔腾的马群还是飞翔的鸽群,都化作一只只潜藏着希望、友爱、亲情和幸福的鸟儿,在我和艾拉尼的目光下飞舞着……

读着《没有悲伤的城市》,整理着自己的心情,内心深处充满了对孟买这座遥远城市的忧伤和牵挂。

晨曦初放,在悠长的"咕咕——咕——"的鸟鸣中,沉重而暗淡的心情稍稍有所轻松:在祥弟心中叫卡洪莎的这个桃花源,就是没有悲伤的城市。这个十岁的男孩,"在最无助、最混乱的世道,用坚贞和智慧,捍卫了自己那个纯真的梦",推荐人一草如此说。

在八月的人间,好像已经爱了很多,又好像什么也没有爱上,就像那个我最钟爱着的人间四月天里,有美丽而微微的惆怅。

在风声里倾听岁月和流年
——评樵夫的《倒不了的老屋》

是在夏日一个如梦的黄昏里,仿佛听到一粒粒忧伤的鸟鸣,接到了这股来自樵夫故乡微微的清风。此刻,她安静地躺在我的面前:扉页上一堵江南水乡常见的高高飞扬的青砖黛瓦马头墙,背景是微黄色的高远的天空——一片空灵的氤氲之气弥漫于纸间。

当你读着这样的散文时你的心会不由自主地沉静下来,这些芬芳的文字就像是一朵朵静静绽放着的、随遇而安的花儿。你的心会一直低下去,低到尘埃里。是的,精美而意味深长的文字就像花香,需要人仔细体会,并且可以长久回味。樵夫的散文就有这样的力量。

这样的文字在他后来的《夏天的草地》里也出现过:"我拿着柳青的《创业史》来到村东边的那棵樟树下的草地上时,草地上没有人。我在一片浓密的树荫里,躺在草地上,看着我的书,什么虫在远处的树上鸣叫,时光在我的书中翻动,我能感觉到时光被一页一页翻动的声响,静谧无边湮没了我。"

这部散文集从目录的排列上,可以看出共分四个部分:从《倒不了的老屋》到《回不去的村庄》,是属于对逝去的家园、故土和青春岁月的感怀与追忆;从《零点,火车穿过昌傅》到《十年之忆》是对自己刚刚过去的生活的记录和再现;从《母亲总在路上》到《越过苍茫》是总写亲情,记叙眷恋中的诸多矛盾;从《一路西行》到《在茅镬》是在外游玩的心得与感悟。

樵夫认为,散文是最容易体现作家语言张力的文学载体。2012年的一个炎炎夏日,我坐在对面,静静地看着他。当他在赠给我的散文集子上写下寄语前,他紧握笔头的手在离书本约一寸高的地方不停地绕来绕去,仿佛千万文字在他的笔头攒动,万千激情也如雷电般在他心底滚动……这个酝酿的过程是认真而稍显漫长的。一直以来,他主张的散文创作是:"好的散文语言的确是沉浸在个人的感性经验中的具有铺陈浓郁叙事的密实的语言。这种语言越密实,语言就越具有力量,质感就越强。"这种理念也始终在他的文字中呈现着,如:"这口百年古井,现在怎么一点声息也没有了,那清幽的捣衣声呢,那如乡风般质朴的嬉笑声呢,那担水远去的或袅袅娜娜或刚浑的背影呢?"对故乡古井情的怀念就藏在这样的丰富情感与一阵接一阵密实的追问里。他的用词很精确,就像他一再强调的"文学就是言语陌生化"和"语言的张力感",如:"这样的一个夜晚降临了,仿佛神赐般,迷蒙的月亮刚刚爬上东山冈就被厚重的云层拦着,月光像冬天的冰水泼向遥远的天空,山冈和去山冈的路却黑黢黢的,这正好帮助上山弄柴火的人砍树或奔跑。"(《远去了的乡村腊月》)

梁实秋曾说:"散文之美,在于其适当。"樵夫的散文,平和从容,朴实敦厚,既有诗情画意的乡村风光的描写,又有深邃的哲思和幽幽的诉说。他将这些融合在一起,形成了自己独特的乡村哲思散文系列。

除此之外,真切和鲜活也是樵夫散文的特色。在他的乡村哲思散文里,"真切"仅仅是事物真实状态的还原,而"鲜活"则融注了写作者个人情感体验所传达出的一种新鲜与生动的阅读滋味。有了"鲜活",山川景物、风土人情仿佛一下子有了生命力。

有人说，乡村记忆是一部柔软而沉重的"圣经"，可以带给人灵魂的安静。所以才会有那么多的走出乡村的人，在城市的一隅，在夜深人静之时，在多年后，慢慢地向着来时的方向望去，寻找那一缕支持自己生命原初的本真气息。

刘亮程对乡村的理解是："我理解的乡村，是自古的《诗经》《庄子》《楚辞》、汉赋、唐宋诗词以及山水国画营造出来的一处乡村家园……乡村是世俗社会之外的清静世界，乡村是中国人的伊甸园。"

樵夫自始至终都没有割裂对乡村和青春岁月的怀恋。他的这份情感随着岁月的逝去而愈显浓郁、深厚。所以，在这坛由时光酿造的酒里，他始终能用自己的笔，带着自己的心灵去寻找自己所留恋的东西。

安妮宝贝说："写作，就像一个人站在黑暗的舞台上，给自己设置的一束明亮光线。他由此看到自己，亦被观众看到。"就是通过这一束束明亮的光线，我看到了樵夫或柔软或伤感的内心。

樵夫笔下那些远去的乡村记忆，在时光的深处，在灵魂的深处，在那么遥远的故乡里依旧那么鲜活。它既是樵夫心中永远的伊甸园，更是许多远离了故土和老屋的一代又一代中国人永远温暖的港湾。那倒不了的老屋、那渐行渐远的乡村腊月隐然而行的背影，那片四季带给"我"无垠快乐和青春萌动的菜园，那乡村看电影时的兴奋和"那种结伴而行参加公共活动的行为及电影场上仪式化的形式"……它们，当成年之后的樵夫重新品味时，已经成了一个人一种精神上的回归与净化，是一种上升到哲学意义上的对话和沟通。

樵夫同董桥先生一样，也在做着一个过去的旧梦。在梦中，他依然是那个青涩的乡村少年，爱看书，对外面的世界充满好奇。如今，多年以后，在远离故乡千里之外的江南海滨城市里，他用自己的笔在走一条回归之路。胡洪侠认为董桥先生是以一种"流亡"的文化心态走着一条回归的路,但走到最后,却发现无家可归。但可喜的是,樵夫还能够回去。

在这样的乡村里,一个渴望在更广阔世界里遨游的孩子,在阅读的世界里寻找着另一份心灵的丰盈感:常常会手握一本《创业史》或《青春之歌》等经典在专注地读着,无论是在冬日还是夏日。"冬天是农闲时节,没有太多的活,天上的日头总是暖暖的,大家上午找着锄头去田地里转一圈,然后吃中饭。午饭后,我就躲在楼上,打开楼上一扇门,冬日午后的阳光暖洋洋地射进来,门,让阳光长驱直入打到那青砖墙上。我搬了一条长凳,然后坐在温暖的阳光里,从箱底取出柳青的《创业史》专注地读着。"

就在这样的时刻,一群乡村少女走近了"我",带来青草的芳香和青春的气息。她们是玉妮(《夏天的草地》)、春梅(《去看电影》)和三妮(《回家》),当三十年后回到家,才知道比自己大一岁的三妮已经去世了。那个昔日水西火车站站长名叫香莲的女儿也"很老了,像个快五十岁的人了"。(《我生命的暗礁》)

但很明显,樵夫的情感又是矛盾的。你看,有《倒不了的老屋》《我家的菜园》,又有《远去了的乡村腊月》《回不去的村庄》。他既希望故乡的老屋、菜园永远留在自己的内心深处,但又明白,许多东西会永远逝去。所以,从本质上说,他是孤独的。灵魂常常被无边无际的寂寞包围,文字是安抚孤寂的灵魂的出口。

樵夫的许多散文都是在时空的转换里游走翻滚:现在与过去、江西昌傅那个农家少年与宁波喧嚣的城市里的如今事业有成的记者。英国作家格雷厄姆·格林认为,作家的前20年的经历,涵盖了他全部的经验,其余的岁月则是在观察。他说:"作家在童年和青少年时所认识到的世界,一辈子只有一次。而他整个的写作生涯,就是努力用大家共有的庞大的公共世界,来解说他的私人世界。"樵夫十七年的乡村生活,带给他的是乡村少年的欢快、迷惘和对外面世界的渴望,更多的则是对青春逝去的那份明媚的、浓淡相杂的忧伤。那抹色彩在他许多散文里出现,并成为一种基调。他的情感有如月光般明媚而深沉,光洁而忧伤。是谁说"原来,疼痛中华丽的转身,更能让人咀嚼生活的美好"?他的一些忆旧的文章,如《去看电影》《回不去的村庄》《温暖的声音》等,里面那份浓淡相杂的青春记忆,如一张张依稀的少年旧影,让人有点凄然伤怀。

董桥说:"浅浅的文笔露出发人深思的哲理才好。"樵夫的文字里往往会在多数文章的后半部分自然而然地流露这样的哲理来。他用哲学的理性思维,建构了另一个更高的乡村世界。当温情、故土、爱与忧伤交织在一起时,那个乡村忧伤的青春被轻轻地、轻轻地撞了一下腰。而一转身,这个事业有成的中年男子常常会凝视着远方逝去的流年,带着永远不可释怀的对青春和乡村的祭奠。这样,他的文字里总会有生活的感悟,与哲学的思想相结合起来,让文章呈现出一股浓郁的烟火色。

"樵夫是浙江省近十年来不事张扬孜孜不倦地写作并有实力、实绩的散文家。"这是2011年浙江文坛对樵夫其人及其散文实力的评价。

在这样温暖而清新的古老乡村的簌簌的风声里,倾听着一个人的岁月追述,突然脑海里冒出了这样的一句话来:"人生是这样的辽阔,有无限渺远的天涯在等,有无限的明天在等。"

拥有一颗玲珑的诗心
——读《左右爱情诗选十二首》点滴心得

第一次读到左右的诗是在网上。记得是一个秋天的黄昏,夕阳如同一个即将分娩的母亲一样,摇摇晃晃地向大地的深处坠落。再过会儿,就是暮色四合时分。四面的时光静谧,对面的沙金山也依旧沉默着,与我对视。我喜欢这样的时光,轻轻飘摇着,带着让人不易察觉的忧伤。从黄昏到暮色降临,这样的时光适合读诗,我一直这样认为。

就是在这样的时刻见到了左右的博客和他的诗。一直觉得,能与一个拥有一颗玲珑诗心的诗人相遇是一件幸福的事情。读他的诗,你会发现,他的诗里有一种让人灵魂感动的力量。我没能忘记"我的诗歌,如果你曾经读过,如果你曾经感动过 / 那么请你过后就忘记吧"这样素朴的宣言或是自白,也没能忘记"我已经找不到你的感觉 / 我不断徘徊在你走过的每一个地方,不肯离去"(《爱》)里的执着,更不愿忘记"我看见一个长得像我的孩子走在五月的疏影里 / 走到无人的桂花底下,想一个人哭一哭"(《看见》)那种失去恋人的孤独。

吸引我的是他的博客名,为"左右:蓝的城堡尚未完成"。在我自己的诗里,也因为喜欢"蓝色"这一忧郁的色调而多次使用这个词。或许是因为青春时期自己有一件蓝色的连衣裙,于是,这个伤感的色彩似乎弥漫在我的许多诗里。还有"城堡"这一意象,像命中注定的一个符咒一样,紧紧地锁住了我的目光,当然还有他的《左右爱情诗选十二首》。

英国现代诗人奥登曾说:"一个平庸诗人与杰出诗人不同的是:前者只能唤起我们对许多事物既有的感觉;后者则能使我们如梦初醒地发现从未经验过的感觉。"左右给我也有这样的感觉,尽管他年轻,但路很长。他有足够的时间写得更好更成熟,像一场盛大的演出一样需要付出许多精力。

他的诗干净、澄澈,仿佛缓缓流动的小河里那些光洁圆润的小石子,带着没有尘世烟火色的素洁与古朴,有着朦胧的意象感和孩童般的天真:"十个手指头蒙上你的眼睛／我站在离树三米远的窗外／你看见了几十米近的憧憬。"(《短歌》)也许只有拥有一颗纤细而敏感的心,他才会使自己投靠纯美的爱情。

就是这个上帝的孩子,或者说是诗歌的孩子,敏感中有着自信,有着柔软的内心和美丽的诗情。这是一个诗歌王国里的孩子,有一颗玲珑的诗心和满腔激情澎湃的诗情。他的诗情仿佛一朵徐徐绽开的深谷幽兰,清香的弥漫和浪漫的生发都或隐或明地在或长或短的诗行中展开。

数字化的时代,让一切变得确定起来,又似乎不那么确定。就像初恋中间的那层美丽而朦胧的白纱,永远带着浪漫、忧伤和空灵的色彩一般:"十个手指游弋在公元两千年的松林里。"(《我喜欢你,温柔的指尖》)

我知道左右在做的事情,用清俊的诗性和人类的眼睛,用对爱情的信仰写出事件的另一面——诗歌。他明明是一只百灵,上帝却偏偏在他的耳朵和嗓子上放了一粒小小的沙粒,让他带着失聪的耳朵和失声的喉咙行走大地,但大地却使他最丰富地感悟美好的内心。所以在他的爱情诗里,他喜欢写一些与声音有关的句子:"和上一阵轻轻的佛音,一地暖阳""和上你在我耳畔轻轻说话的回声"（《和声》）。而这首《亲爱》，让人看得满心疼痛：

> 请先让我失去久违的听力
> 给我十年时光
> 让我练习一种超越的能力
> 这世间我只想听见你一个人说话
> 除你之外我将听不到其他人在说什么
> 我只想听你说
>
> 再让我失去发音的能力
> 每天，我在嘴里含着一块毅力之石
> 一遍又一遍练习低低的哑音：我爱你
> 我只想对你说

没有抱怨，有的只是一种平静的叙述和对爱情的隐秘而狂热的追求。这样隐秘的痴情，像我喜欢的安妮宝贝所说的"像是缓慢渗出，静水流深的清凉泉水一样，是能让人的心变得柔软及澄澈的回溯"。她也说："深情的男子，总是更像一棵沉默的树。"诗中的左右是否就是现实中的左右，我不知道。但我读了他的爱情诗后，我相信，他是一个深情的男子，想给自己心爱的恋人一个温暖的拥抱，一分安详的眼神，一袭宽厚的背影。即使是在无奈的分手之后，也会给对方一抹苍凉而深情的回眸吧？

左右的爱情诗洁净，在静默中没有任何声响地存在着。这些爱情的点点滴滴，像黑暗中点燃的小小火焰，温暖自己的灵魂，也照亮对方的眼睛。

王小波说："一个人只拥有此生此世是不够的，他还应该拥有诗意的世界。"左右的这颗玲珑的诗心拥有了诗意的世界和对爱情的无限追求。他充实过,快乐过,幸福过,也伤痛过。是的,他生活过。这就够了。

但愿这位用嘶哑的喉咙歌唱的歌者,能在以后的岁月里与诗歌相约一起走下去,永远不会道别,就像阿赫玛托娃《我们俩不会道别》中说的一样:

    我们俩不会道别,
    肩并肩走个没完。
    已经到了黄昏时分,
    你沉思,我默默不言。

在春暖花开的日子里又想起海子

记得那是几年前的一个春日里,风儿和暖,鸟儿脆鸣。拿到了刚出版的《读者》,随手翻了翻,我的目光停驻在了"秋日黄昏"四个大字上,上面还有一束花,看样子像是百合,或许是玫瑰,谁知道呢。但在我的内心深处,我希望它就是百合。

淡淡的百合,散发着清香,在这个喧哗的尘世中,还有多少人能闻到这似有似无的、淡淡的百合香味呢?前些日子看了朋友推荐的韩剧《宫》,我最欣赏的就是那个带着美丽的微笑,心痛地看着自己喜欢的女孩被别人伤害着,而自己却无能为力的李律。那种痛到骨髓里的眼神,常常让我忘记了时光的流逝。

后来,看到对此剧情的介绍,知道韩国人称扮演李律的金政勋为"百合王子",因为他成功地将李律身上温柔善良且不乏冷漠自私的多面性刻画得栩栩如生。我想,我能被吸引住,可能主要在于我一直怀念自己过去的生活,无法自拔,当有一个合适的时间与地点时,总会情不自禁地回到过去,回到过去……

而此刻,我的目光更多的是停留在一个名字上:海子。

一直很遗憾,遗憾自己在海子还和我一起同呼吸着美丽蓝天下的空气时,没能听到过他的名字,更不用说是读过他的诗了。直到什么时候呢,噢,应该是在他的诗作《面朝大海,春暖花开》被选入语文新教材时,我才真正地认识了这个人,还有他的诗:

> 从明天起,做一个幸福的人
> 喂马,劈柴,周游世界
> 从明天起,关心粮食和蔬菜
> 我有一所房子,面朝大海,春暖花开
>
> 从明天起,和每一个亲人通信
> 告诉他们我的幸福
> 那幸福的闪电告诉我的
> 我将告诉每一个人
>
> 给每一条河每一座山取一个温暖的名字
> 陌生人,我也为你祝福
> 愿你有一个灿烂的前程
> 愿你有情人终成眷属
> 愿你在尘世获得幸福
> 我只愿面朝大海,春暖花开

那时,为了让我的学生能更好地了解这个人,还有他的诗,我曾找来许多有关他的资料,还有图片。我想给我的孩子们看到这样一个海子:一位用心灵歌唱云朵、草原、大海、麦子的诗人,一直都在渴望倾听远离尘嚣的美妙回音，与世俗的生活都隔得很远，甚而一生都在企图摆脱尘世的羁绊与牵累。他生前的好友西川用茨威格评论荷尔德林的一段话道出了海子这种不同寻常的企盼："回归和向上是他心灵追求的唯一方向，他从不渴望进入生活，只想超越生活，他不了解任何与世界的联系，即使是在斗争的意义上。"西川接着回忆说："海子没能幸福地找到他在生活中的一席之地。这或许是由于他的偏颇。在他的房间里，你找不到电视机、录音机甚至收音机，海子在贫穷、单调与孤独之中写作，他既不会跳舞、游泳，也不会骑自行车。"从中我们可以体会到海子献身诗歌事业，是用牺牲尘世生活为代价的。

　　印象最深的，是他长长的须发下，明亮而充满智慧的眼神中有那么多自信和对世界的美好憧憬，但最终，他还是回到了自己原本属于的那个世界。就像西川所说的，这个渴望飞翔的人注定要死于大地。但是谁能肯定海子的死不是另一种飞翔，从而摆脱漫长的黑夜、根深蒂固的心灵之苦呢？

　　一位同我一样喜爱海子的故人也在自己的诗歌《当你把成捆的月光》里，用自己的激情与感动歌唱着：

> 天明即起的人
>
> 那一夜白了头的人
>
> 我愿为你献出整个春天的灯火
>
> 那些铁打的灯笼啊，大雨浇不灭的铜靴
>
> 我愿为你牵马送粮，栽种月光……

　　一直在想，那个曾给海子带来诗情与灵感的女学生，最终留给海子的永远是一个愈来愈模糊的背影，在永远的距离中，海子才带着绝望的心情赴入黑夜里的大地了吧？

现在，我只能用我微弱的气息感受着这位田园牧歌诗人的才情，却永远无法走近他的内心世界，但他对尘世人们的美好祝福永远响在我的耳边，像春风，像秋韵(《秋日黄昏》)：

  愿有情人终成眷属

  愿爱情保持一生

  或者相反　极为短暂　极为短暂　匆匆熄灭

  愿我从此不再提起

  再不提起过去

  痛苦与幸福

  生不带来　死不带去

  唯黄昏华美而无上

但愿，我的内心深处，永远为海子留有一个角落，也能够为自己的心灵留有一块诗意栖居的场所！

或许，这也是我为自己的青春做出的又一个祭奠！

拥抱温情和悲哀
——评谢武稼的小说《动摇》

　　谢武稼的小说基本上都是以对教育的关注与反思为内容的,这与他多年的教师生涯是分不开的。《动摇》,就是以目前的应试教育为讨论点,将老师、学生和家长安排在同一个舞台上,而作为主人公的许燕春,则是作者理想教育的探索者。

　　许燕春的身上,聚集着现代中学教育界普通青年教师的优秀品质:心中有仁爱、责任、尊严、梦想和向传统陋习宣战的勇气。这个热情、善良、有着强烈进取心的女孩子,从江西九江来到这座沿海城市南阳,她最初的梦想是进报社。当理想的泡沫破灭后,无奈之下才到了大桥中学当了语文老师。她的课注重启发式教学,强调阅读与写作的相关性与重要性,不看重名次,而强调学生的个性与素质的全面发展。她喜爱文学,课余,经常会写一些散文发表在各类报刊上。她跟学生关系很融洽,学生也很信任她,这是作为一个教师最成功的所在了。

　　可以看出,她身上存在着三种对照关系:一是她与以孟紫娟为代表的家长之间的矛盾;二是她与以魏月红为代表的教师之间的矛盾;三是她与传统教育观念之间的矛盾。几组矛盾和冲突的焦点,归根到底是应试教育与素质教育、压制人性与解放人性之间的冲突与斗争。但是,我们也看到,还有一些像郭振海、邹继海等教师的支持与理解,才让校长孙轩文有了更大的信心将"改革"进行到底。特别是邹继海老师在学生大会上送给家长们的两句话:"孩子和分数,孩子重要;成长和考证,成长重要。给孩子们一个健康成长的天地和环境吧。"这让人不由得想到近一个世纪以前那位巨人发出的"救救孩子"的呼声。

马佩芳,这个湖南娄底的姑娘,有一股湘妹子不怕辣的劲头。爽朗的她与许燕春是朋友和知己。她们相互扶持,相互信任,相互打气,在困境中,在风雨里。

但可惜的是,她们的斗争没能坚持下去,结尾处,她们"动摇"了:最终,她们缴械投降。坚守而充满人文情怀的校长孙轩文"只是在想,有机会的话,他也想改弦换辙,尽快地退出教育战线"。似乎,孙轩文在想法上有中国传统文人的坚守与"恻隐之心",对理想的教育方式他是在坚守,但当传统的守旧的力量迎面而来时,他还是选择了"退出",也是一种"投降"。而这"恻隐之心",除了表现为对新教育理念的欣赏之外,更多的是对女老师许燕春的个人欣赏。

总之,这是一群充满理想的知识分子,他们不愿自己美丽的人生在日复一日的应试教育下成为牺牲品。但现实是如此苍白无力,让许多人又一次陷入悲哀的境地,以致渐渐麻木,不愿再谈起曾经的梦想。

而学生也是多么渴望个性发展和个人情怀的释放啊!王情丽,这个美丽的小姑娘,有着"莲藕般的手臂"和"两条小巧无比、光洁白嫩的腿",她多愁善感,但有着自己的主见:"我会说,培养子女首先应给予他们得以充分发展个性的自由空间。"

许燕春在去《南阳晚报》之前和马佩芳一起带着学生手持班刊《七色花》

站在横山码头,面对浩瀚的洋面,拍了一张集体照作留念。这浩瀚的大海,温厚、广博、充满生机,似乎给读者留下了温暖的光辉。

仓央嘉措说:"那一月,我摇动所有的经筒,不为超度,只为触摸你的指尖;那一年,磕长头匍匐在山路,不为觐见,只为贴着你的温暖;那一世,转山转水转佛塔,不为修来世,只为途中与你相见。"在新的生活中,每个人会找到各自新的位置,在自己的天地里种植梦想与幸福;曾经失去的虽难以找回,但在教育这块土地上,还有多少个勇士在坚守?

一寸寸的光阴终将会变成身后的一缕缕炊烟,但当我们遥望远方时,那抹因梦想的力量而持续荡漾的光影将永远存在。一个许燕春走了,还会有更多的许燕春们站在教育的第一线,向传统开战!

张丽钧说,理想好比一件可以御寒的衣服,它穿在我们灵魂的深处。暖与寒,苦与甘,无需人言,我心自知。

随着岁月的流逝,相信,那被我们清晰地表述过的理想,一定还在殷勤地照耀着我们生命中的每一天。而许燕春们的教育理想,也一定会烛照我们黯淡的生命和孤寂的旅程。

谢武稼的小说是源于生活的。比如《动摇》中的金山公园,就是实有其地——她坐落于咸祥中学的西面,如同一个仰卧着的母亲,用自己宽大而温暖的胸怀拥抱着这个青春的校园。

或许,谢武稼的心中已经对现在的教育模式没有了更多的热情,所以在结尾处虽然有一丝的光明,但仍然是那么沉重。因为在这块田地上耕耘的人太少太少。但不管怎么说,他还是将温情与悲哀一同展现于我们面前,让我们沉思,让我们感叹。

那一抹光明的暖色何时才能在他的作品中出现呢?让我们拭目以待吧!

一些花园中的记忆与点滴
——读建虎师兄《闪电中的花园》有感

一

第一次见到久闻大名的杨建虎师兄,是在2007年的冬天,故乡古城固原的地上商场。那天是正月初七,街道上人迹稀少,人们都在家里享受着天伦之乐。我们一家聚在物资小区的妹妹家里。男人们在玩"翻顺子",女人们聊这一年来各家的一些大大小小的事,小孩子们玩疯了似的,大呼小叫的……就在这时,我接到了大师兄的电话,彼此寒暄了一番,约好在地上商场见。我打车到地上商场,夜晚的街道上,只有寥落的几个人,还有一个醉汉在大声地唱着:"一无所有……啊,我一无所有……"声音在空阔的北方的街道里显得有些凄凉。

记得第一次进师专(现为固原师范学院)时,就一直听一些师姐师兄说,我们中文系有个才子叫杨建虎,可惜,很不巧,我没见过他。

在我的印象里,能写诗为文的男子应该是文质彬彬,白皙而瘦弱,眼镜,那肯定是有的。加上玉树临风的姿态,不知会迷倒多少少女呢。

一晃,我在师专的三年时光也匆匆而逝。随后,我去了家乡的一所农村中学任教。教书之余,会写一些长短不一的文字,为自己的青春岁月留下一些或忧伤或美好的记忆。日子平淡而安详地过着,似乎一切都被安排好了:平静而漫长的教师生涯里,我会和许多人一样,恋爱、结婚、生子、衰老、死亡……

我看着许多人行走在"生活"这条漫漫长路上,一路被俗事裹挟着匆匆前行。我已经清晰地看到我将来的影子,我惶恐却又不知怎么办才好。当我又一次拿起笔来写下自己的生活,写下自己喜欢的诗歌时,内心的惶恐才渐渐地消退了。我明白:或许,今生,写字会成为我的另一种生活状态,像空气,像水一样,与我相伴。

当我在江南小镇上以另一种心情拿起笔,写下一个异乡者的艰难与困境(我是指心理上的)时,一些久远的故乡气息也慢慢地沉淀了下来,让我有时间重新审视自己的内心。

当我第一次在花语的博客上看到建虎的名字和照片时,竟有些旧识般的熟悉感。他有着西北男子敦实的躯体,一点也不像个诗人。但我相信他内心的细腻和真情,因他的诗文里流露出的那份朴实与乡村牧歌似的真诚。

留了言,竟像是两个熟悉的人一样没有陌生感。不知从何时起,他自称是我的"大师兄",我也默认了。大概是因为他比高师兄大吧。

大概是在2007年的初秋吧,给杨建虎师兄打电话时,我正在凉风习习的固原汽车站前。正是暮色初降时分,华灯初上。整座山城仿佛笼罩在一片光明璀璨的世界里。初秋一到,似乎一切都淡远了起来。

我们刚刚从文化街上的一家重庆汉菜饭馆出来,走在熙熙攘攘的街道上,一种久违的熟悉味道迎面扑来。姐姐正给我买一些家乡的特产和水果,整个夜晚弥漫着香甜的水果气息,这是很多内地的城市所特有的。人们悠闲地走在夜晚的街道上,一家人,或是和朋友一起。八月初的固原,天气宜人,这天的后半夜，我们即将又要随着南下的火车回到我的第二故乡——我已生活了七年的宁波。

电话接通时，建虎师兄说他在北去的列车上，前往新疆，车快到哈密了，是去参加一个由《绿风》杂志社主办的笔会。我说，我也于今晚启程前往工作之地了。他在电话里说："我们又要擦肩而过了！"语气里有股淡淡的惋惜。哦，擦肩而过，多美好的一个词，也是在我的文字里常常会出现的。

遗憾留下了，但热情与质朴的声音也留下了。

2010年8月的第二天，黄昏，在故乡固原的杂粮食府，我又一次见到了建虎师兄，他正和几个古城里的报社记者、大学教授相聚。还是一脸朴素的真诚，还是一如既往温和的微笑——那是我所熟悉的大师兄。

温文尔雅的书生态度与酒后微酣的心满意足，依旧如故。带着西海固人憨厚的特质，大师兄笑得特别满足。

二

朴实，是杨建虎最大的特点。当他的诗句一次又一次出现在你的眼前时，你会发现那些带有乡土气息的诗句怎样让一个乡村少年的成长与回忆一次又一次地成了他永久的写作源泉。

这是一个对故乡有着永远热爱的乡村少年一路走来的痕迹，记录下他生命历程中的点点滴滴。在滚滚的红尘中，他永远带着朴实的微笑，带着对故园的乡土记忆，带着对父母的感恩，行走在城市的街道上。

诗人尤克利说："在诗歌中，农村是一个有丰富内涵的文学载体，热爱会由此及彼，你可以纵横穿越四季交替的田舍村庄，看到闪现在人们头顶上的光环和大地赋予庄稼、草木和草木之人的关怀。"作为一个诗歌爱好者、一个广大农村背景下的微小分子、一个岁月长河中的匆匆过客,又怎能没有义务记录下这些季节流逝中闪动的尘间念想呢?

对于生命,对于爱情,杨建虎笔下的诗歌像所有美丽的姑娘一样,有着淡淡的幽香。是否在他年轻的记忆里还有一双长而黝黑的大辫子呢,像昔日的那首流传甚广的《小芳》?

那么,真情,在诗人杨建虎的笔下又是怎样的呢?中国古人主张"性情抒写",用真情,用生命的体验,用对生命的热爱来下笔。这个一直驻足在西海固的农民的儿子,以自己的赤子之心,用自己手中的笔,用自己饱含深情的双脚,在这块吹着亘古粗粝之风的土地上一日又一日行走着,感悟着,思索着,书写着。像一个勤奋的农夫,又像一个赤诚的孩子,他一再表达对乡村和田园的敬意(《乡村的春天才是真正的春天》):

> 好像一种神圣的时刻来临
> 乡村,你让我如此欣赏你
> 你的体贴不声不响
> 将我的心灵彻底抚摸了一次
>
> 该为乡村的春天写一首诗了
> 让一首诗居住在我灵魂深处
> 那里的阳光
> 让我感到某种高贵的气息

这些真情与梦想,是心灵飞翔和隐秘的行走,也是一种远足。在乡村这个纯净的世界里,有他少年的信仰与成年的怀念。这个在杨建虎诗歌中多次出现过的乡村,在刘亮程的笔下是:"有古老原样的山水自然,有人与万物的和谐相处交流,有隐士和神仙,有我们共同的的祖宗和精神;乡村山水中我们的性情和自在,有我们的知与不知、进与退、荣与辱、生与死,我们的过去与将来,前生后世。总之,乡村是世俗社会之外的清静世界,乡村是中国人的伊甸园。"这个清静的中国人的伊甸园,成了杨建虎灵魂深处永远的依恋之地,也成了他诗歌的来源。

许多渴望灵魂自由的人都想像风一样自由。风,在诗人的笔下,又是怎样的呢?"风就像马匹,驰过渐渐苏醒的原野/爱与幸福,就像四月的阳光和雨水/而一束鲜花的秘密/在风的心灵深处一声不响。"(《夜晚的风》)这风与体内的渐渐苏醒的爱与幸福有关,与过往的甜蜜有关。那个从未谋面的"她"在风中雨中出现,在四月里像阳光鲜花一样明媚柔和。她带给诗人的是永远美好的怀恋与甜蜜。

是的,风的兄弟——雨,这个意象,在杨建虎的诗中也常常出现:"雨在另外一个世界下着/在这幽暗而荒凉的时辰""思绪还被雨水浸淫着/我淹入过去的雨水/雨水中的呐喊,如遥远的梦呓"(《再加一下梦》),"是的,在西海子我常常遇雨"(《西海子》)。西海子,是离我们固原城约七八里的一处小小的水库,在西面。城里的人们习惯都称其为"西海子"。北面也有一处,称为"北海子"。那在另一个世界下的雨也会出现在诗人的梦乡里,出现在他生活了多年的古城固原的西海子里,出现在这个以干旱著称的地方。它是诗人内心深处一个能够召唤和安慰的精神的物象。他也确实表达过对梦境的敬意。关于"你":"于一个梦境的片段里/你在阳光下摘着金银花/一片芬芳,一片宁静/正笼罩着茫然的山坡。"在这安静的梦境里,你会忧伤,你会写下如花的诗句。

哦,忧伤,在这个诗人的笔下是如此绵长以至闪现出散发着光泽的诗意:"我丝绸般的忧伤,像山坡下闪光的溪水。"(《一片金银花》)那么,这些丝绸般的光泽,又一次将一片丰盈与华美的水域与忧伤连接起来。

一个普通的上午,诗人一个人坐着发慌,无聊着。于是他拿起手机,给家里的座机打电话。他说:"我是一个蒙尘的诗人,一个只会写几句歪诗的/却无法给别人带来幸福的人/我感到惭愧,又觉得无奈。"(《上午》)诗人,都是孤独的,但在杨建虎的诗句里,他还觉得无奈,他孩子似的自己给自己打电话,享受着这个世界的孤独与快乐。诺贝尔文学奖获得者、俄裔美籍诗人布罗茨基谈到俄罗斯诗人曼德尔施塔姆的时候,曾用过一个特有的概念:"精神自治。"他的解说是:"当一个人创建了自己的世界,他便成了一个异体,将面对袭向他的多种法则:万有引力、压迫、抵制和消失。"杨建虎将孤独"抵制和消失"到了自己给自己打电话这样的"游戏"里。

四月,是诗人的出生月,这个暮春向着初夏挥手作别的季节里,这个被艾略特在《荒原》中喻为"掺和回忆与欲望"的季节里,在杨建虎的诗中,他倚着四月的春风和河流,用舒缓的小提琴奏出理想的梦幻曲,在抒情中,有默默的叹息,有对初恋的回味,有对乡村生活无限的怀念。

他的诗中充满了感伤的忧郁之美,仿佛传承了中国古典诗词中那种"哀而不伤"的内心。

赫塔·穆勒在其《一个词的循环》中说:"写作谈不上是什么坦白,倒不如说是装扮本身的诚实。"云南诗人樊忠慰的信念是:"我的写作是为了寻梦/也给绝望的疾病争光……如果我们没有后人/诗歌,你要替我活着。"(《2007.7.25》)而诗人杨建虎说:"写作于我而言,纯粹是一种心灵的需要。"这个需要释放心灵的诗人,用自己的笔,写下乡村,写下忧伤,写下青春,写下风雨雷电,写下干渴炽烈,写下自己对生活的点滴感受。

我喜欢这样的诗句:

有时候，诗歌像一根草

　　长在心灵的原野上，时光如风

　　世界不大，我喜欢听风吹过原野

　　吹着乱草簌簌作响

　　诗歌是一个人最初的心声，让人放缓在世间行走的步履，还原其朴实而真诚的脸孔，在岁月的长河里鼓励我们迎着风雨，不断前行……

烛照生命原乡的幸福记忆
——解读谢良宏《幸福的原乡》

刘亮程说:"我心中的故乡,是一个既能安置人的生,也能安置人的死的地方。它收留你的身体,让你生于土上,葬于土下。"在谢良宏看来,老家浙东农村鄞州瞻岐就是他心中的故乡,是一个永远动人的鲜活的存在。瞻岐是他的原初和曾经,是阳光轻轻扫过海面的微风,是一只独来独往的渔船,是鱼儿快乐无比地穿梭的河流,是生命在宁静中自在而狂热绽放的场所。所以,拥有过乡村和城市生活的他才能冷静地观望另一种情景下的世俗人情和自己,以新闻人的敏锐和作家的敏感。

浙东农村的乡俗民情一直是江南文人所钟情的,如鲁迅、周作人等人的笔下就有相当的篇幅描写这块土地。而谢良宏则以他敏锐的目光和强烈的责任感,写下了故乡的民情民俗。他笔下的乡村带着泥土的芬芳和大海奔腾的热望。从某种意义上来说,风俗就是一种仪式,是一种文化记忆。这样的一个作者,守着手中的一支笔,如守着心中的一盏灯,冥想着,沉思着。他耐心地从童年的记忆中捕捉和打捞着乡情民风的流年光景,像一个导演一样,还原着记忆中的家园,吟唱着逝去的歌谣。他笔下的浙东农村,以色彩浓郁的地域文化,以这些缓慢的文字流淌着,散发出朴素而清香的气息。

"每个人的童年未必都像童话,但是至少该像童年。"乡愁诗人余光中在《自豪与自幸》的开头如是说。那些伴随着自己成长的乡村露天电影,见证着谢良宏的童年记忆,也烛照着他生命原乡的幸福,像一幅幅流光溢彩的风景画般,深深地印刻在他的脑海里。《22年守闸情》里的父亲22年守着家乡的一口大闸,当时代的年轮开始翻转到"经济开发区"时,那些过去的蹉跎岁月和时代赋予人的责任,已开始变得不再鲜明。

记得著名人像摄影家黛安·阿巴斯曾说:"每每听到寺院的诵经声响起,我就想到,我该和神灵交谈了,不,准确一些,我应该向他忏悔了。"不知道谢良宏在写《心灵的静修所》和《登山赏桂探幽访禅》时,当"清亮的磬声,声声入心;高亮的梵呗,声声在耳"的那一刻,是否也放下了一颗在世俗中行走已久的疲惫之心,想和神灵们交谈?

相对于《幸福的原乡》第一辑"海风乡情"里浓郁的乡土情结,第二辑"边走边吟"就显得视野开阔不少,从海边乡风里的快乐少年,到步履坚实的盛年,行走的快乐与舒张的心情,都在这点滴的文字里。看着"新鄞州的一道亮丽风景线"的鄞州大道、"磅礴气势"的联丰立交桥、"华东第一高坝"的周公宅水库、"与四窗岩共脉而生"的四明山腹心的大俞溪、"壮观奇特"的杭州湾跨海大桥海中平台观光塔……谢良宏都是以自豪乐观的心态来看家乡宁波近些年的巨大变化,充满了"爽朗与兴奋"。从宁波昔日里辉煌的民族企业遗址到周边的明媚山水,从钟灵毓秀的名人故居塘溪,到伏龙山下的虞宅,这一路走来,小小的宁波再也放不下谢良宏宽大的心胸和脚步了,他有了远足,有了新的体会,直到中华大地及域外风情。于是,天台山东端的野鹤湫、让游者魂牵梦萦的丽江、忧伤的屈原祠、拥有红色记忆的三省鸡鸣村……乃至一方净土新西兰、以"四苗条"出名的越南、幸福指数最高的荷兰、印度洋上的饭店岛国毛里求斯、原始风情的塞班岛、英雄的故乡阿根廷等,都出现在了谢良宏的笔下。

在这样的阅历中,谢良宏仍在认真地记录着书写着。诗人张作梗说:"走,也许是唯一的静止,是唯一保鲜生命的方法。"平实的语言中,带着对生命的沉静的认识,或是带着对自我生存方式的认知。但是,又似乎带着一些辩证的矛盾,只不过,没有生与死那么强烈的对立感。他的话和谢良宏对行走的记录,于我,在这样一个多日来沉郁的冬日江南,却是一份安慰。

经过几十年时光的磨炼,谢良宏不是那种像青年人一样奔向前方,拥抱激情的作家,他敢于向历史的纵深处走去,倾听赵大有、百年和丰、慈城等的呼声,寻找它们的前世,仿佛总想把我们这些对宁波历史不甚清楚的人带回到"老事体"中去。鄞州横街镇福建厂自然村以其神秘古老吸引了谢良宏的目光,同时他用新闻人的目光观察着这里的地理环境、历史传说、山形地貌、风水传奇和今后的前景。于是,探寻一个村落前世今生的文章《神秘古老的福建厂村》,在他的笔底生花。

关于美食,因为我也喜欢,也写过几篇不像样的小文,所以欣赏谢良宏的美食系列文章时,就带着胃也一同前往了。你看,光这题目就让你忍不住流下口水了:《三月三,荠菜胜灵丹》《活色爽口的"黄泥拱"》《桃花季节鲥鱼鲜》《小暑黄鳝赛人参》等。这些或时鲜或宁波特色的"下饭",带着朝露滚动的清香向你的味蕾款款而来,是一份期盼,也是一种撩拨。

第四辑"闲庭杂谭"里的文字短小精悍,但篇篇厚重,针砭时弊,引领社会的审美方向或舆论导向,力度着实不弱。因为以前自己也穿过松糕鞋,虽然高度没那么夸张,但穿上走路的确是很舒服的。所以看《我看"松糕鞋"》时,我就留心了:这种鞋子在一个搞新闻的男子眼中,是怎样的呢?谢良宏细细地分析:"也许是因为它的非理性与缺少逻辑……从心理学的角度分析,人类一直有扩张自己身体的潜在的欲望,松糕鞋的流行,可能正是这种欲望的外化表现罢了。"嘿,有点意思!一双鞋子的流行,我一直以为就是与美观或是舒服有关。通过谢良宏这么一分析,发现它竟然还与理性、逻辑、心理、健康等方面有关。

他的散文语言不华美,但却理性而冷静。他喜欢用一种纯粹的记叙、客观的描写或平实的议论,来呈现一个又一个的"现场"。在伸张和追寻实录的同时,传达着一种个体存在对当下社会现象的生命思考。这也与他近三十年的记者生涯是分不开的——用理智的笔,睿智的目光,行走的脚步,揭露社会的不良现象,给人以警醒。

谢良宏常常不由自主地引用古诗词,长长短短中,四字句、六字句参差着,亦有对偶:

> 看云蒸霞蔚,虽不见清泉飞瀑,飞雪溅玉,但大坝泄流孔流出的泓泓清流,流水涓涓,清洌见底,使人驻足留恋,迷途忘返也。(《"老宁波"喜看新鄞州》)

> 上面是仙人桥,古时进寺必经此桥,有诗云:"清虚法界自逍遥,迷锦台前酒一瓢。最是仙人桥畔好,坐看飞瀑出云霄。"登临于上,令人飘飘欲仙。灵龙泉龙口喷水不断,大雨过后,潭水满溢,谷中溅起无数水珠,氤氲一片,巨龙欲冲天而去,声震远近,摄人心魄。(《登山赏桂探幽访禅》)

此刻,挂着暖阳的冬日里,捧着这样一本有关于民俗、行走、美食和公民意识的书籍,沉浸其中。竟然觉得这慢慢地欣赏与品读,就是幸福记忆的开端,就像乔叶说:"最慢的是活着,最慢的也是写作,最慢的是在活着时写作,最慢的也应该是在写作中活着。"

　　是否谢良宏就是在这样的感悟中,才慢慢地成就了他的《幸福的原乡》?这块深厚的古董大地,这片奔腾不息的大海,这点滴的幸福记忆片断,是否帮他构成了烛照他生命的原乡?

沉默与尊严
——《那些拯救我们的人》读后记

拿起这本书时,封面左上角八个鲜红的字"那些拯救我们的人"立即抓住了我的眼球,腰封处的一行半小红字也让我思索良久:"最终,她决定不将做过的事情说出来,不管是英勇的事迹还是羞辱的过往,自愿负担起了沉默的惩罚。这是生而为人的尊严。"

想起了王小波的《沉默的大多数》和周伶俐的同名散文。是的,沉默,已经成了许多国人的一种自我保护色,或者说是在强权下的一种自觉而无声的反抗。

读着《那些拯救我们的人》,不禁思考拯救我们的人是谁?这沉默的惩罚又是什么呢?这两个巨大的问题片刻就抓住了我的心。本书的作者是《纽约时报》评出的畅销书作家珍娜·布鲁姆,凭借本书她享有了全球声誉,被全美最大的电视读书节目——"奥普拉读书俱乐部"评选为"30位最具影响力的女性作家"之一。

有人说,翻译是第二次创作。我喜欢何雨珈译的文字,尤其是关于人物内心隐匿的痛苦与挣扎在时光斑驳的影子里转动、翻滚的情景,描写得异常真切。就像《塔尔萨世界报》所说:"布鲁姆下笔丰富生动,描写了战争时期德国人和犹太人共同面对的困境,他们为了生存所采取的极端方式,以及有人为了挽救别人的生命所甘愿承担的风险与付出的代价。"布鲁姆对环境的描写亦充满了一种生机:"粉樱桃和紫丁香都盛开了,把树枝压弯了腰。头顶上的蓝天万里无云,好像青花釉。一阵微风从新生的树叶之间拂过,发出窸窸窣窣的声音。"这粒粒圆润的文字,似乎散发着一股青草的芳香,把战争的冷酷和人物内心的阴霾都抛到了脑后。

《麦克阿瑟回忆录》里的头一句话是:"回忆是奇美的,因为有微笑的抚慰,也有泪水的滋润。"但是安娜的回忆里除了以上二者之外,更多是受羞辱之后的沉默及对自己过往的一种自我惩罚:不谈起过往的岁月中那段羞辱或荣光的事!在女儿楚蒂的记忆里,母亲沉默地做着自己的事,与渐渐成长起来的女儿有了隔阂。童年的阴影在楚蒂成年后的生活中也留下了诸多痕迹:她与母亲的疏离与陌生。

小说讲述的是在纳粹军官的庇护下,一个德国女人的求生秘密。故事从1939年写起,一直到1997年近50年的跨度,地点从魏玛到了美国。进入故事后的我,心情是沉重的,就如译者所言:"心情一直是沉重的,好像字里行间都是深不可测的泥潭,把你拖进情绪的深渊,使这悲伤彻骨但又精彩感人的故事由不得你挣扎,你只能越陷越深……忘了自己。"

2013年爆红的网络作家老九在他的散文《卖书记》中有这样两句话:"隐藏泪水最好的地方是心灵。隐藏泪水最好的武器是时间。"对于安娜来说,隐藏泪水和伤痛的最好武器是沉默。在沉默里,她回忆自己青春时期的初恋,回忆那个带给自己欢乐、忧伤和痛苦的男子;回忆那些可怜的人们如何在纳粹的枪声中死去;回忆自己那些……哦不!这些痛苦的经历,她再也不愿意回忆,就像楚蒂。

医生曼克斯是安娜的初恋。这个犹太人有着一颗敏感而追求美的心。他长安娜许多,喜欢微笑。初次见面,他就挽救了安娜的小狗"面疙瘩",而日后,就是这一次又一次"浮现的令人分心的若隐若现的笑容,照亮了安娜的心房",同时也俘获了寂寞少女的心。与暴躁父亲生活在一起的安娜,除了做日常的家务外,只有这点温馨的念想。一个是丧母的少女,一个是丧父的年轻医生,曼克斯因谈起对孤独的切身体会才引起了安娜的更多好感:

"孤独是心灵的腐蚀剂。"
安娜的眼睛溢满了泪水。"是的,"她说,"我知道。"

初入暗恋的安娜,在家里会想起曼克斯的面容:

她想起红红的胡子使其看起来像荷兰画家凡·高,他的自画像曾经在魏玛的宫殿博物馆展出过。尽管现在没有胡子了,医生还是与那位画家惊人地相似。安娜再次想起了画中的男人:窄窄的瘦脸庞,眼睛里闪着忧伤而智慧的蓝色光芒,嘴角周围深深的线条显得有些疲倦而慵懒,但又带着诙谐和幽默。画家这幅自画像是在那磨难一生的最后日子里画成的。

这个和凡·高有着相似面容的男子,也一样幽默。因孤独而相识的两个人,在德国纳粹的"排犹"浪潮中,悄悄地相爱着。后来,因局势不妙,曼克斯在安娜的恳求和安排下,悄悄地住进了安娜家楼上的壁橱里。后来,安娜的父亲发现此事,报告了当局。曼克斯被关进了集中营。

读着读着,我觉得这是一段饱受孤独和痛苦折磨的灵魂的自我剖析史,在漫长的活下来的岁月里,安娜不光用沉默惩罚自己当年的"罪过",更是用沉默来对抗女儿楚蒂想追溯事情真相的目光。只是，安娜没想到，小小的童年的阴影会有这么大的影响，在女儿后来成长的岁月中。

苏格拉底说："未经审视的人生是不值得过的。"读完后，我深深同意，就像有些评论家所说的，作品正视了一个隐蔽而尖锐的时代性问题：女性实现自尊自强和自我解放的出路究竟在哪里？是的，本书描写了一个女人为寻找自己真正的"根"所做的努力，无论生存下来，还是在和平的年代里自觉地进行着对自我的"放逐"式的"惩罚"，都是在向世界宣告一个普通的德国女人为人者的尊严。她也是在寻找一条回家的路。这条路，那么漫长，那么漫长……竟然用了一个女人的后半生，以沉默的方式。

当你在一个普通的黄昏里读完这本书时，仰头，是略带绯红的云彩。在不远处的江边，清风吹过林子，发出清新的、带有生命力度的响声，是庄严而美好的。

我相信，你内心的惆怅和沉重是无比深厚的。那么，请用你或世俗或高贵的心态记住一个叫安娜的女子，记住她自愿负担起的沉默和她生而为人的尊严！

在无与伦比的爱与珍惜里穿行

——读李洋江《疾步如飞》有感

一位画家描述自己看齐白石的画:"他晚年的画,既有像是第一次看到红色辣椒的感觉,又有像是最后再看一眼的不舍之情。"这第一眼的红艳和最后一眼的依恋,或许代表着先生和许多步入老年的人一样:越到晚年,就会对生活越依恋,也会越爱惜身边的一切。

古人说:"五十知天命。"李洋江刚入半百,却也很清楚地看清了一些事情:轻视名利地位,对健康亲情更加珍视。每天晚上7公里的疾步快走,他长年坚持。一路上,他欣赏人情之亲、世俗之乐、风景之美。这端然的人生之亲、乐、美,是这样的好:让人踏实和感动。

是在七月初的一个上午,我收到了李洋江的这本《疾步如飞》。封面上,淡青的底色,中偏上有四个规范的大字"疾步如飞",左下方一位健硕的男子正健步飞奔。身边,是依依的杨柳和壮阔的姚江:健康、明朗。它给这炎炎夏日带来一丝清凉之意。记不起是谁说过,阅读是一种安静的力量。我来到图书馆,一个上午就读完了这本书,带着安静和充实的力量。

文集分为四辑,"风在低吟"、"帘下雨声"、"雪舞月影"和"且听潮声"。在疾步如飞的光阴里,他用真切而温暖的文字、用五十年的人生体验、用真诚待人的热情给自己的生命留下一段注解。他也善于以热情的方式让生活和文字自身发出光泽。他的写作和他的为人一样,从容、简约。

《疾步如飞》里,不仅有日常世界的描摹与展示,也有心灵情感的再现与重构;不仅有描写的泼洒,抒情的温婉,也有叙事的练达,随笔的顿悟。

李洋江的散文,有他独特的语言和节奏:朴素而家常、细腻而温情,散发着一股自然健康的生活之气——他总是从日常生活中那些隐微和细小的热爱和感悟出发,以简单而又直白的笔触深入,或高昂或低缓地书写着,表达对烟火人生的敬意。

著名史学家白寿彝曾经说过:"你要把生命投入进去,你写出的东西才有生命。"李洋江是把自己的爱与珍惜投入了进去,所以,他笔下的军营和家庭,同样是爱意缤纷,珍惜满庭。

军营,是他今生今世一个最重要的生活场所。它像是印在李洋江生命里的一道鲜明的印痕,带着无法磨灭的斑驳。"1980年1月到1983年1月,整整三年时间里,我们所在的101团二营就在三界驻训。我们的营区就坐落在一个溪水环绕的山坳里。"(《三界,就这样永远定格在记忆里》)三年的青春年华里,这些半大小伙子终于长成了铮铮男儿。在日出日落的训练里,李洋江也没有忘记欣赏四季美丽的自然风光。三年,也铸就了一副铁打的身板和一颗宏大的心。30年后,当他们又一次回到了魂牵梦萦的青春之地时,这批曾经的战友却发现,许多怀念中的情景已成了时光银针里的一道道美妙的光和影……就像李义山所说的"此情可待成追忆,只是当时已惘然",还是不去追寻罢。

李洋江的文字,也透露出他是一个藏身于日常生活中的敏锐发现者和欣赏者。你看,他笔下的军营多么美(《军营两题》):

> 明月给营区蒙上了一条极薄而又透明的纱巾,让整个营区变得影影绰绰。那条像带子一样轻巧地环绕着营区的小溪,淙淙的流水恰似病人手指中流出的月琴声,正在诉说着自己的恋情;而青蛙不绝地鼓鸣,又恰似是配合着月琴的演奏而敲出的鼓点。哦,这大自然的协奏曲,更为这营区增添了一种白日里所没有的温情。

这样优美而缠绵的文字,不仅渗透着生活中的美,更有一种安详的诗情画意,是一个热血男儿隐秘的内心所感受到的。

人人中年,上有老,下有小,是人生最沉重,却也是最丰硕的年华。李洋江是个好儿子、好丈夫、好父亲、好员工、好朋友。他小心谨慎,背负着生活的重担,一步一步地蹒跚在人生的长河中。这样的人,是好人,却很累。所以,当看到一档电视节目后,他开始反省自己的人生:"许多时候,要学会珍爱自己。"(《珍爱自己 幸福他人》)

"我给你灯光,给你爱。"李洋江给家人和这个世界的,就是这些人世间最纯美的注视。每天早晚给女儿上班的车子领路,穿过最繁华纷扰的人间烟火;给妻女做饭,长年如一日;陪年过八旬的老父亲喝酒……这样的人生,真的让人羡慕。

热爱生活的歌声里偶尔也会有品尝孤独的滋味,就像朱自清先生说的:"我爱群居,也爱独处。"这是两种不同的生活感受,也是一种完整的人生的两个端点。李洋江生活规律,喜欢茶,喜欢疾走,喜欢读书,喜欢写作,更喜欢回顾和反思——是一个人饱满而真实的生活状态。

因旅途中的《白鹿原》,李洋江结识了陈君,一个豪爽的武汉人,也是位退伍军人,从小的梦想就是周游世界。当他事业有成时,忙碌之余,总是会给自己的心灵放个小假,美其名曰"幸福的出逃"。这份潇洒和浪漫,让李洋江羡慕不已。

相对而言,我更喜欢李洋江《南北秋韵》里关于南北方秋天的比较:

> 在我的感觉之中,南方的秋韵是女性化的,带着几许妩媚,拿宁波来说,西风扫不落黄花,薄霜凋不尽瑟叶,空气中仍延续着夏天余温的缠绵。南方的秋韵就像淡妆的徐娘,雍容华贵,令人沉醉。而北方的秋是雄性的,带着阳刚、带着威严,它跨江越河、摧枯拉朽、风卷残云、势如破竹。

男女的通俗,阴阳的对比,带着股或温柔或残破的劲儿,把南北的秋韵干净利落地表达了出来。

这些年里,他的脚步行走在广袤的大地上,从家乡浙江到人文台湾,一路走过安徽繁昌一个修篁簇拥的小村、妩媚的三亚、冷清的东沙古镇、令人沉醉的苍南泰顺廊桥、恍若油画的婺源、清静的白云山庄、宁海的云顶山庄、衢州的美食一条街……他带着一颗诚挚的心,带着李白热爱大好河山的豪情,用细腻的笔触,精心地描绘着笔下的所见所闻。

李洋江书写的,是他的爱与怜惜,也是他的健康心态和对人世之好的尊敬,更是一个人的梦想,就像他在后记里所说的:"这本书对我的全部意义是:它是对我的文学梦的一个纪念。"他以普通人自然而朴素的情怀写着自己的感受,仿佛只是为了印证巴尔蒙特的这句诗——"为了看看阳光,我来世上"。端然中有一分淡淡的人间烟火色,带着你我所不知道的香气,穿行着,并不断地袅袅地上升着,上升着……

宽阔而深厚的大地
——读朱平江的《雁归来》

　　大嵩江畔生活的朱平江是一个朴素而真诚的人。他砍过柴、放过牛、打过铁、拉过板车，这让他有了一份来自社会底层的认同感和良知感。他深深地知道海边渔民的艰辛和苦难，也熟悉着那个特殊的年代里发生过的一些事情。从2000年长篇小说《春兮归来》到2005年的长篇小说《夏雾火》，他关注的一直是乡土农村的生活。他一步步地走来，用自己沉甸甸的作品说话，用丰硕的事实说话。

　　我在鄞东这个沿海的小镇已经生活了多年，和朱平江喝着同一条江里的水，耳畔吹过的都是象山港的海风。有时候在沙金山上会相遇，在清晨。这个不会说普通话的咸祥人，与一个不会说咸祥话的北方人，有时候会在他家的小桌旁闲谈，有时是谈生活，有时是聊文学。生活中的朱平江带着江南人特有的温儒和内敛，也有着气息浓烈的文人情怀。

　　诗人娜夜说："为什么我们的诗总是怯于揭示这片土地上的苦难？"或许是因为不敢，或许是因为不愿，或许是因为不知……但是每个时代总有那么一批有良知的人自觉地拿起笔来，挖出地层上掩盖着的浮土和树叶，以时光的名义，还岁月真相的刀刃。朱平江也是在这样高度现实的自觉与责任感下把一个家族百年的历史呈现在了你我面前,带着那些不太久远的历史的风声。他说:"要把历史给后人看,作为一名作家,不把一些历史的真相揭露出来,让后代人不了解历史的真相,是民族的历史的罪人。"

故事以倒叙的方式开始,"岁月匆匆,转眼已是1985年的秋天,在台湾住了三十多年的张荣祥终于回到了家乡这块令他魂牵梦萦的土地。往事历历在目,张荣祥不禁感慨万千……"一下子将叙述的视角拉回到了张荣祥的童年时光里。从民国初年到1985年,自三个异姓兄弟张登科、叶伟岳、王财发小时候结拜开始,在张家的张登科、张荣祥、张永耀几代人的悲喜和苦难里,小说所折射出的是一个民族的曲折的足迹,也是几代人的家国梦。在这样的苦难中,人性的坚忍、悲悯与选择让乌溪镇的张家挣扎着,最终走向了真正的春天……

在过年喜庆的日子里,读着这部书,悄悄地感受着那个逝去年代的故事。它像一部无声的黑白电影,向我诉说着一些过往的故事。我试图通过阅读朱平江的《雁归来》剥开时光的影子和斑驳的沉寂,走向历史的真相。

意大利作家卡尔维诺推崇"重量"美学。在他看来,"轻"代表着各种自然力量的细小轻巧,它们指向人物、天体、城市、思维、感觉与情绪、小说结构与语言,具有细致、繁复、模糊多样的特点。与"轻"相对的是"重","重"指向外部世界和生活,是"轻"的前提,如沉重的大地、沉重的生活负担。朱平江的小说里也带有这样"重"和"轻"的因素:宏大的时代背景,百年变迁下三个家族的悲欢离合及三代人的情缘,个人在时代的大潮里被撕扯、被践踏……

以叶伟岳为首的乌溪镇人民是善良的,善良的背后是侠义精神。它在中国可谓根深蒂固,自炎黄时代起逐渐成为一种被华夏民族所一致认可的高尚品质。当张家落难时,叶伟岳明里暗里帮助着张家几代人,无怨无悔,只因为当初三兄弟"结拜"时的誓言和一种"滴水之恩,当以涌泉相报"的朴素的人性之初的善良使然。

为了写这部小说,朱平江劳累成疾,住院长达数月。当听到这个消息时,我猛然感到,这部他付出心血的厚重的作品,是他文学之路上的一个转折,也是他文学生命中的一个大隐喻。就像他说的:"如果能够揭开别人看不到的生活层面,把我们这块土地上发生过的往事挖掘出来,把那些始终被遮蔽的东西揭示出来,那么,文学的艺术表现力也就体现出来了。"他执着于对现实生活的深入观察,从对现实世界的疼痛审视中,书写着人的存在,书写着生长于这片古董大地上的生命的万般情状,从而展示人性的原初——因时代而产生的精神苦痛、内心矛盾、生存困惑和绝望挣扎。

巴尔扎克说:"小说是一个民族的秘史。"读完《雁归来》,掩卷沉思,这样的感觉尤其强烈,当然心情也分外沉重。这是一个家族挣脱不掉的命运符咒,也是那个时代的荒谬而灰暗的写照。这曲折的故事似乎有一种非常笨重又锋利的力量,牵引着你跟着故事的发展走下去,然后进入,沉潜,深呼吸,直到好久之后才会从中走出来。

作为讲故事的人,他纯熟老到地叙述着自己构建的故事图景,表达着他自己内心的风暴和世界。有人说,世界性就是一种从心里长出来的宽阔视野。朱平江在这跨度近百年的沧桑里,让人性的善与恶此起彼伏,彰显着真实的人生。

就是在我们脚下这块熟悉的鄞东宽阔而深厚的大地上,朱平江节制、简约、准确、淳厚、多义,他不动声色,细致入微,冷静客观地抒写着,沉思着,前行着。同时也仿佛在无声地宣告着:我能给你的只有这么多!

转身与留恋

难得的冬日阳光终于露出了它美丽的笑脸,在多日的阴霾之后。每日走过那丛丛的或是鲜美如新或是凋零伤感的茶花时,总喜欢望望她们。看着,看着,总觉得生活还是如此美好,日子还是如涓涓细流般流过……

这段日子最喜欢做的事除了读书,便是去看一个人。

这个人,第一次出现在我的视野里,是她的《转身》。两三年前吧,不知是在《人民文学》还是《散文选刊》上,当时看完后我就去把它复印下来,放在我许多喜欢的文字中。然后,它就以一种独立的姿态茁壮着、摇曳着,如一朵娇艳的花朵,开放在我的心中。

当《匿名者》出现在我眼前时,像久违的亲切的故人一样,我再次在2010年冬日阴冷的江南深夜里,拥被"悦"读。在九年的流浪岁月中,这个叫塞壬的女子怎样以自己的坚忍个性坚定地行走着?是否也曾像我一样脆弱、孤独,在异乡的星空下。

第二天,我就以"重点推荐"的方式把她的《匿名者》编辑成作文素材,下发给我的学生们。当我以低缓的声音讲起我对她文字的喜爱,讲起对她的《转身》的理解与在我内心引起的震荡时,下面是一片寂静。那些平日里比较调皮的男生,也正襟危坐,像一个个成熟而礼貌的绅士,而女生则以一种崇拜的眼神热情地望着我。他们沉静的目光里是带着怎样的一颗心来倾听着我充满深情的朗读，来理解我断断续续的讲述呢？他们会懂得我的用意吗？

从此，当我说到塞壬，说到她又出来什么新的作品时，这些高三理科班的孩子们眼睛也亮了几许：他们也如我一样，喜欢在"规范"的生活之外，接触一些不同的声音或是风景。

于是，她美丽轻盈地向我们走来，步履中有微微的沉重，有淡淡酸楚，也有时隐时现的温暖，有风情，有妩媚，更有生活的质感，像一根旋转的银针，紧紧地把我们钉在一起——这个叫"人间"的大地。

2011年的第四天还是第五天，我惊喜地发现，我的博客里出现了"血奴"的回访。上课时我告诉这些可爱的孩子们："今天我很高兴，因为塞壬访问我的博客了！"他们也都替我高兴，课堂气氛也很活泼，与外面阴郁的天空极不相符，只有窗外葱茏的桂树像我们的支持者。

也曾想写写自己多年前那次华丽的转身，在读完她的《转身》之后。但终究还是没有动笔，我似乎怕自己在阅读了她的作品之后，写出来的"转身"也会沾上她的影子，像一个不高明的匠人一样，模仿不好，反而连自己原有的风格也没有了。

但，无论如何，在我还不知道塞壬是何许人时，新世纪的一个夏日的午后，阳光明媚的古城目送着她的又一个女儿走出了她目光所及的地方。

怀念或者追忆，是一个人开始衰老的表征，喋喋不休、固执、多梦、易怒，就像我现在这样。我从来没有像现在这样深深地怀念那段生活。我时常去试图触摸我的1998，但总是忍不住要发抖。一种既明亮又隐秘、既悲恸又忧伤的情绪一下子攫住我，原本就要抓住的感觉一下子就滑脱了去，而后的内心就空荡荡的。

1998年，当那个大事件将要来临之时，我相信有太多人完成了他们一生中最重要的转身。它一定给人们内心带来了颠覆性的震撼。不论是选择离开或者留下，他们都不同程度地做过强烈的挣扎，大事件让人们在瞬间深刻地感受到自己对钢厂的感情，对自身技术以及对劳动本身的深厚感情。而我，四年中慢慢成熟起来，我的身体像一枚熟透的桃子，裸露出甜的秘密。他是一名电工。有着细长的身材和羞怯的面容，澄澈的单眼皮眼睛，隐藏着他内心已定的主张。看见我面色会微微地潮红，我知道他喜欢我，我精于这样的判断，并为此兴奋不已，满足于这样的虚荣中，享受浑然不知情的乐趣，他确实被我耍了几次。他傻傻的样子让人疼到骨子里，而太多的沉默让我们没来得及交流，不，我们没来得及相爱。

这是《转身》中的部分。它常常让我陷入沉思：1998年，我在做些什么呢？转身后的多年，留恋的目光与月光一再回首那段故乡的岁月，像痴情的鸟儿留恋故巢，不肯走入新居……

辑五　故乡风情

行走在消逝中

看到了一位同行前辈写的同名高考作文,心中的那根弦就被弹响了,在我的心底响起了回音。这声音如空谷幽兰般,在那些流逝岁月的纵深处向我微笑而来,如同一位多年不见的老友,久远而亲切。

我相信,是赵嫣萍老师的散文《破碎的农舍》给了我更多的走出故乡的理由。在这之前,我是为了梦想,为了飞翔的羽翼,为了抵达那个诗人墨客笔下的"江南可采莲,莲叶何田田。鱼戏莲叶间。鱼戏莲叶东,鱼戏莲叶西,鱼戏莲叶南,鱼戏莲叶北"的地方感受她的清新;感受她"江南好,风景旧曾谙。日出江花红胜火,春来江水绿如蓝,能不忆江南"中的怀旧;还感受她"春风又绿江南岸,明月何时照我还"和"春水碧于天,画船听雨眠。垆边人似月,皓腕凝霜雪"中的沧桑来的。

是的,我是到这个地方来感受不一样的地域风情的。但是,在沉寂之后,我相信,我同赵老师一样,都是为了逃离某些东西。她看到的是自己故乡的土地下那些"黄土的肌肤被一层层地剖开,像取出她的内脏一样,取出沾满故乡血滴的骨肉"。所以她才不愿意等到家乡坍塌之后再逃离,趁着现在还有力气,还有一份寻找新的绿色家园的流浪着的心。而我,是在那块黄土高原的边缘地带生活了二十六年之后也终于逃离了她——我的故土。这块我祖父年轻时定居并迎娶我寡居祖母的贫瘠的土地,他们生下了四个儿女,十九个孙儿。而最终我逃离了干渴与那没有生命的沉郁的浑黄色,带着我年轻而张扬的心。

祖父也是从赵老师生活过的那方土地上走出来的。

我又从祖父和父亲两代人生活的这方土地上重新走了出来。

这块土地啊,从小时候起,对她最大的感受就是总有风,风中带有黄沙。后来学了地理才知道,我们紧挨着毛乌素沙漠,土地被大漠烘烤得很干燥,人也被烘烤得很干燥,且面容被烤成黑中带红的样子也就不足为怪了。庄稼是全靠老天爷的。那些长在山上的庄稼实在是太矮小了,遮不住萧关的苍茫的山脊。她们让你的目光在这里变得游离而湿润,伤感而疼痛。她们是被榨干了乳汁的女人的躯体,疲惫,隐忍,就是死了还是做着故乡儿女永远的母亲。

萧关,一个古老的关塞。萧关道是因萧关而来的,它曾是汉唐丝绸之路。这条萧关道是由长安出发,沿泾河、过固原、海原,到靖远北渡黄河的那一条古道。

这里就是我的故乡。

如今,我站在这块蓊郁得发亮的红色土地上,满眼是逼人的绿。但我的目光却越过了五千里外的崇山峻岭,越过了两千多个日日夜夜的思念,一下子就投向了那方响过金戈铁马、刀枪剑鸣的古战场。那里曾经有过秦皇汉武的雄韬武略、匈奴铁骑入主中原的梦想,那关山的月、西域的风,还在吟唱着昔日的故事。

当一切都消失了的时候,在你那长久的寂寞里,是谁,走过你那曾经雄壮的"气吞万里如虎"的伟岸身躯,再为你献上一曲悲壮的《塞上曲》?

只有那照过秦汉的明月还没有走开。一直就守候在这里,如一位温柔而端庄的母亲一样,微笑着,看着漫天的黄沙扬起,又落下;看着春生秋枯的草木和亘古不变的日出日落。她守候在这里,似乎就是为了告诉我们这些儿女:这里原先并不荒凉,这里有过生与死的较量,有过血腥的洗礼与纷争。

那些厚重的土层夯成的饱含了我祖先的血泪乃至生命的巨大而绵延到无穷远处的秦长城啊,此刻,我多么想抚摸你宽阔而浑厚的胸膛。小雨打湿了你的身躯,但你的内心还是那么坚实。我想象着自己像往常一样蹲下去,一一抚摸着你厚重的双脚,想象着我的手腕与先人的脚踝紧握。我感受到了他们干瘦的躯体和火热的心脏。

两千年粗粝的塞外风沙吹红了我祖先的脸庞,干燥少水的气候使我们这些后辈的皮肤更加粗糙。当我走在这个水性江南的时候,我除了微微的不安外,更多的是一份安然:我的外表还是那个来自塞外的苍茫的古风所铸造的黄土高原先民的子孙,我的血管里流淌的还是那粗犷豪迈的永恒的丰沛。只是我不知我小小的女儿在这个草长莺飞、杂树生花的水性江南里出生、成长,她的情感里又会有多少故乡的情怀?就像我,只隔了一代半,就从来没踏上过那块祖父和他父辈祖辈们生活了一生的土地,那是尧舜的故乡,是我们炎黄子孙共同祖先的诞生之地。

我们这些飞天的后人是否就这样一直行走在消逝的历史中,带着亘古不变的苍劲的风啸。

故乡萧关两千年来承担了那么多的刀剑与血泪,她用自己宽厚的胸膛迎接着那些骑在马背上民族的各种杀戮,让她背后的中原广袤的田野平静地生长、成熟、丰收。虽然最终她谁也挡不住……

萧关的天空给了我们这么多,它怎能不干涸!

当今天人们认识到了这块曾经水草丰茂的土地应该用"退耕还林"来恢复她昔日的辉煌时,我的心里仍然充满了惶恐。我内心传递出的声音清晰地告诉我：只有我们将悄悄逼近我们灵魂的那些尘世间的黄沙彻底地拨开，拨开，我们才能真正地击毁那些肆虐的干旱与愚昧，我们这块大漠边缘的萧关才会不再灰飞烟灭，成为真正的沙漠。

白雪落下来

已到了三月，在 2010 年。看来，这个冬天不会给生活在南国的我留下一些飘飞的雪花和浪漫的情怀了吧？所以，当 3 月 9 日的这场雪落在了大嵩江畔时，我心中充满了难以置信的喜悦。

这是上天馈赠给我故乡的温情的礼物啊！

思绪很快就飞到了北国故园——那是一块冬日里常被白雪覆盖的土地。那些在寒风凛冽里瑟瑟发抖着的古老的槐枝，那些被鲜红的鞭炮和绚烂的烟花点亮的茫茫除夕，那些透过岁月的风声愈来愈清寒与干冷的气息一阵又一阵地游走在一个异乡人的蒙眬的眼前……

在我的校园里，一个人面对着苍茫的夜空，伸出手去。请伸出你的手！我听到冥冥中有这样一个声音从很远的地方响起，传来。

这些飞舞着的精灵，如同一个个顽皮的孩子，悠悠然地从苍穹中往下飞。因轻盈而快乐着，因舞蹈而幸福着。

想与人分享这些幸福，于是，拇指一点，一份问候与祝福便向着数千公里之外的西北偏西方向迅疾而去，如同一条游走于湍急河流中的鱼儿。

一位故人在短信中说："永远怀念岁月深处那一场弥天大雪和那一袭楚楚绿影。"

于是,青青校园、悠扬的吉他声与那些光洁饱满的青春岁月,也与这漫天的雪花一同来到了我的心间。

哦,记起来了。多年前,那座北方古城里,一场漫天飘飞的大雪让整个世界成为一片纯白,包括秦时的土长城厚实的横截面和被厚重的积雪压折的苍颜依旧的老松树。是的,在那场大雪后,我们欢笑着冲向操场,穿着各自最美的服装。冲向那座巨大的古长城下面的操场上,周日的清晨,操场一片整洁,只有一两串脚印,歪歪扭扭的,看得出主人的快乐与童趣。

那个时候,学生中间用照相机的还不多。英语系里的一个女孩子,有一架照相机。我们宿舍有个女生跟她关系好,就把她也拖来了:给我们照相。

大家先是穿着自己的衣服照。后来,太阳出来了,空气里流淌着一股清寒与明媚交织在一起的兴奋与甜蜜。于是,叽叽喳喳中,我们又交换了衣服,或是将外套脱掉。

对于刚刚从高中走到这个校园里的我们来说,这场来自于上天的大雪,仿佛是上苍用来迎接我们的礼物似的。

只是,到现在,我也不能确定,那场给许多人留下深刻印象的漫漫大雪,到底是在那年的十月,还是十一月呢?关于那场雪,许多人的印象非常深,一个成为诗人的同学,还在多首诗里描绘过它,或温情,或阴冷。

再后来,我只记得,我脱掉了外套,里面是一件我向同宿舍的女生学织的绿色毛衣。最简单的针法,却让我织了好长时间,并且还常常会有错针漏针。直至织成,我抱在怀中,还是不敢相信:这难道真是我自己织的?下装,是一件长及脚踝的墨绿色尼裙。大摆,走起来很飘逸。当时,我们同班的女生中有四人做了同样的长裙。不像现在,穿衣都怕"撞衫"。那个时候,我们都不怕,还特喜欢穿着同样的衣服一起招摇过市:这就是流行!还记得那时我们城里流行那种小裤腿类似"老板裤"的黑色牛仔裤,下面一定要绾起一圈,再配以平底皮鞋。不知是谁先穿起来的,后来一数,我们全班男女生加起来,有十一人!

我就穿着这样的衣裙在北方校园洁白的操场上,侧着身子,回眸一笑。于是,上个世纪 90 年代,那个女子,将她风华正茂的美丽绽在那张已经发黄的照片里。

"人啊,大雪之上／你的村庄端坐旷野／坐在我的心上。"

这美丽的诗句,在多年之后的某个夜晚,撞进了我的眼睛。于是,忧伤像一根细长的鞭子抽打着自己,一下子,就泪流满面……

哦,白雪落下来,让久违的故乡的袅袅炊烟升腾在一天天老去的异乡人的心中……

还有那些诗句,优美而伤感,冰冷而凄美,就像这场短暂而安静的雪。

故人风格老枣树

辽宁人李青松在他的《碛口枣事》里,说吴冠中先生在山西发现了碛口。他用"这样的村庄,这样的房子,就是走遍世界都难找到"的惊喜表达着自己对这个地方的认知。

我不知,是否就是李青松笔下的那些"弥漫着淳朴、绵润、甘醇和黄河岸边特有的气息"的阳光下的红枣让先生发出这样的惊叹。但的确,读到山西这两个词语时,总有一种亲切而绵软的力量迎面而来。

这块我从未踏上的土地,却以另一种魅力吸引着我,让我在与她狭路相逢时内心深处会升腾起一种针刺般的感觉。这是一种复杂而难言的隐痛。

从小时候起,每当过年前夕,总会收到一些老土布和干果之类的东西。听大人讲,是从"老家"寄来的。那时候,只是一种朦胧的感觉:这个老家怎会如此神秘?母亲拿着从奶奶家分来的简单而粗糙的方格布,把它们做成了枕头套。它们成了我们几个姐妹做梦的一个香甜的依靠,却也让一种遥远的距离变得清晰而明朗了起来。

有时,听母亲的只言片语时,只知老家有一个"大伯",想象里:一个瘦而利落的人,是爷爷年轻时的翻版。他们有着相同的脾气和外貌。

爷爷说着怎样的外地口音,现在我竟然一点也不能回忆起了。印象中,他就是一个干瘦而孤寂的小老头,摆着日常的地摊,在当年的供销社门前。各种干果物什,一摆开就占一大片地面。每天来去,用架子车拉来拉去。那时的我很有力气,大概是五六岁时就帮忙拉过架子车,但爷爷没给过我什么,哪怕是小小的五彩的豆豆糖和几粒瓜子。对于他,我们都是避而远之的。在我仅有的童年时光里,去爷爷家的时间是比较少的,只有过年过节去。其余的光阴里父亲在城里工作,母亲带着一帮儿女在自己的家里劳作、生活。那到底是因为父母与爷爷奶奶的关系不好,还是像母亲所说的两位老人分家时的偏心呢?时光流逝中,我也没有想了解真相的心。只是觉得,在我们成长过程中,祖父就像一张贴在墙上的年画,只是摆设,而没有生活的实际意义。就像七岁那年,在一个三月的夜晚里,他的干净利落地离去,没有让一个儿女为他操一点心。我承认,我是一个迟钝而记忆欠佳的孩子,在许多方面。

这个寡言的老头儿,在他的晚年是否会怀念在山西万荣县那个叫皇甫乡的某个寂寞的村落里那一双期盼的眼睛呢?到底是有怎样的生活隔阂,让当年有着妻儿的祖父背井离乡来到了宁夏的西海固地区,然后在一个叫七营的小镇停下了疲惫的脚步,从此,以此地为自己终生生活与养老的地方。难道仅仅是因为二奶奶不会生育?那在此地站稳脚跟之后为何不接来自己的亲生骨肉——我的大伯呢?这里面到底有怎样巨大的隐情呢?

许多个夜晚里,我日渐年老的爷爷,会在夜深人静之时想起自己的妻儿还在另一片土地上艰难地生活着吗?在一边行走一边做生意中,爷爷离自己的家太远,所以只能用年末时的一大笔钱来填补自己愧疚的心。

印象最深的倒是奶奶,她给过我十几粒五彩的豆豆糖,还有一种一摔就响的"摔炮",让许多小朋友羡慕;还有两毛钱,是在用架子车拉她到她郭家河的娘家后。现在也不敢想象,那时像个男孩子的我,是怎样在公路上或是红土飞扬的小道上欢快地飞奔的。架子车上的那个小脚而白胖的奶奶,不时急促地提醒我下坡时要小心,要慢,那时的她没有多担心呀。

吴冠中先生在多年后创作了国画《枣树》:两棵虬枝横生的枣树,并排站立在苍茫的穹宇之下,风骨傲然的样子。旁边的空白处还题有一行小字:"故人风格老枣树。"他是想表达怎样的故人风格呢?是像鲁迅后院中的那两棵枣树一样直插云霄吗?

在新郑的好想你红枣科技示范园看到过一张照片:一片被"截肢"的古枣树黑黑的身躯上冒出了嫩绿的小叶。新生的初况让人感动。

从许多人的回忆里,得知吴先生喜欢吃枣,也喜欢画枣树。据说,他曾为了画枣树的千姿百态,在一农户家里住了三个月,天天画枣树。那是一种怎样的痴迷呢?而碛口,也因吴先生的"发现"而闻名起来了,就像陈逸飞"发现"周庄一样。只是,现在的周庄因太知名而变得喧闹没有了往日的沉静,是幸还是不幸?

在冬夜里,一枚静谧清冷的灯光下,读着《碛口枣事》,想象着那片土地上那些簸箕里、笸箩里红红的枣子,如何"安安静静地晒着太阳"的场景,像一个个鲜活而慵懒的人儿,在午后的阳光下,眯着眼,舒服地享受阳光温暖而香甜的味道啊。

以"乡下人"自居的沈从文先生,是我所喜欢的20世纪30年代的文人之一。现在的一位前辈和同行也是以"乡下人"作为自己的博客名。沈先生在20世纪30年代北京的居所里,也有一株枣树,另一株就是槐树了。据说,沈先生给自己的小院起名为"一枣一槐庐",从他的文字里得知,终日有细碎的阳光透过树枝洒进小院,偶有麻雀栖在枝头。那个时候,他摆一张红木小方桌在枣树下,清晨就开始了《边城》的叙写。那段平和而清静的日子里,他和兆和先生在温和的阳光下,枣树旁,享受着生活的乐趣,也将人性之美于《边城》里用淳厚的民风传递了出来。那是一种怎样的幸福而安详的光景呢?

许多人说,在沈从文的身上,一种"美丽的愁人"的氛围一直挥之不去,其小说与散文,都是这样。那么,是否翠翠身上所笼罩的那份"愁人"的美丽就是在北平小院的枣树下开始缠绕着,然后四处流转,最终在一个四月的黄昏里向我翩翩而来呢?后来,随着我走上了三尺讲坛,当我带着我的孩子们一起走近沈先生内心那座美丽的边城时,这份枣树下清幽而幸福的时光成了一种机缘,一种宿命。

犹记西海固的一个普通的小镇上,外婆家院子里的那棵老枣树。许多童年的时光里,我就坐在她干虬的枝干下,听外婆给我们讲一些"古经",或者捡些韭菜来打韭菜耳环。

这是在房子前方的空地里生长着的一棵寥落的树。黑黢黢的树默默地陪伴着这座老房子,老房子静静地沐浴在冬日的阳光下,颇为安详地迎接自己的终结之日。这是多年以后,当我从江南回到小镇时,又一次回到外婆家看到的情景。外婆和舅舅一家已经搬到城里多年了,院子由从山里来的一户人家看守着,就像我们的老院子一样。

二十年前的理想

二十年前,我刚上六年级,是一个品学兼优的好学生。那时,我在固原城关四小当大队长和班级的学习委员,成绩多次是年级第一,并且比第二名高出好多分,是老师和同学心目中的"优秀学生"。

记得我在不知三年级还是四年级时带领几位同学一起办了一份报纸,取名就叫"凡星"。我们是六(1)班,当时六(2)班的另一个叫张敏的女生成绩也很不错,看到我们六(1)班办了一份报纸,他们就连夜准备,等到第二天早晨,他们六(2)班的《红烛》(好像是叫这个名字)也隆重"出笼"了。

于是这两份报纸就在学校里流传开了。

我们的班主任姓车,这个姓太独特了,也太好玩了。记得车老师是我们二年级时从乡下的学校调上来的,那时他可真年轻啊!大约只有二十出头的样子,一副那个年代特有的眼镜,一下子就将他的文弱书生气全暴露在我们的眼前。班中的男生暗暗地在商量:先给新来的班主任一个下马威。空气中似乎也涌动着一份不安与躁动,兴奋的影子也无处不在。我们女生也都在暗暗地等待着。

于是九月的阳光也不再晃人眼了,似乎还有一股让人感到甜蜜与幸福的味道。校园中的那些如哨兵高昂挺立着身姿的"钻天杨"也用哗啦啦、哗啦啦的叶子给我们鼓掌。这让那几个有此想法的男生更得意起来。瘦小的身子也似乎一下子长高了不少。

也不知是何事让这个小小的"阴谋"没有得逞，那几个小男生高昂了几天的头终于低了下来，没精打采的，整天像没睡醒似的。其他男生很失望，前些天的那份起劲加油出谋划策的热情全然不见了，现在一个个光明磊落的样子，竭力在新班主任面前装成是"好学生"。女生在长久的等待后，原有的担心没有了，但同时，想看那些男生怎么捉弄老师的场面最终没有出现，怎么说也有些微微的失落。

这个新来的班主任不知用的什么法，将班中的几个"刺儿头"治得服服帖帖的，班中的纪律也一下子好了许多，我们班不久就成了全校闻名的优秀班级。

那个年纪我们这帮小女生对老师特别崇拜，尤其是对知识渊博的男老师。可能这是与生俱来的，也可能是对他们身上笼罩着的一层神秘的光环感兴趣吧，总觉得他们跟我们的父亲不同。成年的男子中跟我们接触最多的是我们的父亲，但无一例外的，好像我们的父亲都似乎是一个模子里刻出来的一样：威严。

城关四小处在固原城南三里铺的地方，这里除了几家大型的国有工厂之外，大部分是峡口村的村民。我们班中就有两派：一派是农家子弟，一派是工人子弟。像我这样从另一个镇子上转学过来，住在工厂的人也不在少数。在老师和峡口学生看来，我们也是工人子弟。大家的经济条件都差不多，也就看不出特别的差异来了。

记得那时我们学校的老师讲课都是用方言的。只有一个女老师是从北京来的，她讲着一口纯正的普通话，那纯美的声音就如同清澈的泉水从山间流出一样，让我们这些听惯了"固原普通话"的小学生们觉得那是一种享受。

只不过,她很厉害,常常打学生,好像还喜欢中午时把学生反锁在教室里,不让其回家吃饭去。正好她和车老师都教六年级,又是竞争对手。我们六(1)班什么都比他们六(2)班强,所以,那个女老师看我们班的学生时,似乎每次眼睛都是向旁边瞟过去的,好像在看其他什么似的。于是,那美妙的声音听起来就不再那么"享受"了。

记得有一次,一个姓黄的男同学在黑板上写了个什么字,被别的学生"告"了上去。第二天,车老师很生气,脸都气红了。下午放学后,他将那个学生留在教室里,当然,他也在里面。

第二天,那个黄同学在讲台前给大家做检讨,说他错了,以后再也不会这样了,诸如此类的。我们很好奇,到底是什么字呢。

过了几天,我们惊奇地发现,黄同学以前是满口的脏话,现在则一句脏话也说不出口了。

记得六年级第二学期吧,车老师让我们谈谈自己的理想,题目是"二十年后的我们"。当题目写在黑板上时,我们大家都叽叽喳喳地讨论开了,那声音简直可以掀翻教室的房顶了。但车老师只是笑眯眯地看着我们,没有像往常一样说"别吵了,大家安静!安静!"之类的话。

当大家在按次序谈自己的理想时,我也在着急地思索着:我的理想是什么呢?当科学家?不行,刚才有人已经说过了。当宇宙飞行员吧,又被人说了。还有什么数学家、市长、总统什么的,前面的同学都说了。对了,老师吧,没人说自己想当老师呢。

于是,轮到我讲时,我站起来,说:"我在二十年后是一名受人尊敬的教师!"说的时候,我的心里竟有些微微的愧疚感。

看得出来,那些当科学家、数学家、市长的人脸上有嘲讽的表情,我也有些后悔,怎么选了个这么平常的职业作为自己的理想呢?这还配当年级第一？境界也太低了吧？

我已记不清车老师当时是怎么说的。只是，2008年2月的一个夜晚，在距离当年我们那些满脸稚气的孩子谈二十年后的自己整整过了二十年后的今晚，我突然就想起了那些想当科学家、数学家的同学，早在我们读高中时就开始走上了社会工作的道路，成了真正的农民、工人。有些成了孩子的父母。

还有一个是我们当时的班长沈小东。一个个子小小、秀气的女孩子，在工作后不到一年，就因为恋爱不成而精神失常，现在作为病退，每月领着几百元的工资，租一间简陋的小房独自生活着。有时清醒，有时不清醒。记得她当时的理想是当一名数学家的。

九月，我进入了固原一中，是我们学校考入此校的两名学生中的一个，还是以第一的成绩。在这所新的学校里，我暗暗地下了决心，我一定要好好找一个与众不同的大家都想不到的职业作为我的理想……

二十年前的我们，带着对生活的未知畅想着美好的未来；二十年后的我们，站在岁月的风口上，向过去回首。

看过张丽钧的一篇散文，当她的一个学生在成年后罹患了结肠癌时，她发了一条短信过去："你的理想还在吗？"一个简单的"在"字让张丽钧的心情晴朗了许多。这个当年"口出狂言"的学生当年的理想是"获得诺贝尔文学奖"。为了这个理想他这些年一直都没有停止过写作。所以，当看到"那清晰地被我们表述过的理想，是否还在殷勤地照耀着我们生命的每一天？没有宗教信仰的我们，愿不愿意为自我理想充当虔诚的教徒？"这样的句子时，我心中那根久远的丝弦便被重新弹响了，虽然它还是那么轻，那么轻，但毕竟它还能响起，在这空寂的心灵深谷中……

你的理想还在吗？

请你，请我，请我们大家都问问自己，好吗？

一院月光

正值春夏之交,夜风习习,沁人心脾。

一个中年男子风尘仆仆,满面倦容地坐在出租车里。车子正从一个小镇赶往城里。

这是西北某地。

司机不时从后视镜观察着这个胡子拉碴,阴郁地盯着窗外的男子,有些小心翼翼地问:"兄弟,看你心情不好,我给你讲个本城里最近发生的事吧?"

看中年男子没反应,年轻的司机自顾自地讲开了:

"这是发生在三里铺一个老回回家的事。男主人公在一个小镇上的小学当老师,听说在学校干得不错,还当了个啥领导呢。听说,女主人公——他媳妇长得不错,也没啥工作,就在家带孩子。他们生了两个娃:一儿一女。唉,我说兄弟,还是这老回回好啊,参与社会工作的人还可以生两个。像我们老汉汉,参与社会工作的人就只能生一个……哎,兄弟,你不是老回回吧?"

看中年男子脸上没表情,司机又说开了:"你说我说到哪儿了?看我这记性……哦,记起来了。听说他们以前的光景不太好,这个男主人公很顾家,晚上回家吃完饭后还要跑跑出租,补贴家用,现在日子也好多了……"

一个紧急刹车后,车子继续前行。

"哪想到,这男主人公在外白天黑夜地忙碌着,这女主人公不知从啥时候有了外心,找了个小白脸。也有人说,是那个小白脸勾引了她,总之是,女主人公有了外遇。

"这女人家吧,如果有了外心啊,真是比男人还毒。有句古话咋说的呢?哦,'最毒不过妇人心'哪。这男主人公一直被蒙在鼓里,等到知道时,家里的财产被卷得一干二净,那女主人公跟那个小白脸跑到新疆去了,然后要离婚。听说,那男主人公抱着一双娃娃求那女主人公看在娃娃的脸上,别离了,那女主人公还是坚持着离了。

"你说咱固原城,这几年咋有这么多外遇的事儿?按我说呀,都是这电视害的。以前只听外面的人说啥'二奶'、'三奶'、'外遇'的,咱还弄不懂。而今你看看,咱小小的固原城也这么多……唉,世风日下啊!

"兄弟,看你愁眉苦脸的,有啥不顺心的事也要自己化解呢。你说那个男人咋就那么窝囊呢?给我的话,我先好好地把那个臭女人收拾一顿再说,给咱固原男人丢脸的么……

"你说是报应不?那小白脸一看人和钱都到手了,就立马变脸了:以前的甜言蜜语全没有了,只是一个劲儿地让这个女主人公去问亲戚朋友去借钱,还动不动就打她。他是个赌徒。你说这女主人公是不是后悔死了!也活该!老天开眼了!

"听说那女主人公娘家跟她已断了关系,倒还认着男主人公作亲戚。那男主人公说也不再找人了,怕娃娃受气。唉……"

很久,没人说话。车子在夜色中行驶着。

终于,中年男子声:"就在这儿停吧!"

车子缓缓地停了下来。中年男子付过车费,缓缓地说:"兄弟,我就是你故事中的男主人公!"

司机张大嘴，呆呆地望着中年男子沉重的脚步转进了一条小巷子里。不一会儿，司机听到两个孩子欢快的声音："爸爸回来喽！爸爸回来喽！"

此刻，一轮明月已跃上了天空，几片云朵漫不经心地游动着。整个院子，在皎洁的月光中格外素净，弥漫着青苹果的香气。

这个故事是几天前我回北方老家探亲时和大学同学聚会，在饭桌上听绰号"砖头"的回族同学亲口讲的。他说，这事发生在前年，自己离婚后，当时儿子判归他，女儿归母亲。后来，他花了钱买到了女儿的监护权。当时，她妈妈一张口要十万。经协商，定了三万。后来，"砖头"同学还是给了对方四万……

"砖头"说："经历了这么多事，我算是看清了：这种事多是我们回民干出来的！——没法子，没读过多少书！所以啊，我想把我的两个娃娃：赛迈和尤素福都拉扯成有知识的人，也想把我的学生都教成有知识的人……"他的眼睛里有什么东西在闪亮……

"看来，我们'砖头'经过了这事，思想境界已经上升到民族认识的高度了！"我们的班长想调节一下气氛。

"来，为我们'砖头'干杯！"大家一起碰杯，清脆的声音此起彼伏，我们都双眼含泪，为这个可敬的父亲，为这个西北的男人，为这双坚强的目光送上敬意和祝福。

这是麦香深深、阳光流泻的黄土高原。站在七月纯熟的阳光里，我静默如大地深处一截向日葵的根茎。

冬至前夜

上午上阅览课时,发现了一则卜师父发来的短信:"我是时钟,滴答你的耳畔;我是轻风,吹拂你的身旁;我是暖阳,投靠你的身上;我是短信,甜蜜你的心间。寒冷冬季,愿你暖洋洋!愿明天,冬至快乐!"

才恍然记起,已是12月21日了!

说起卜师父,是上次去张家港参加第十三届沪浙皖苏"新圆桌论坛"时,我师父给我们三个弟子介绍的诸多大家中的一位。这几位大家中有令人景仰的著名教授孙绍振先生、全国著名的语文教师高万祥老师,还有就是这位卜师父。

论坛结束后的晚宴上,我师父喝得有点多了,步履不稳的样子,但大脑还是很清醒。看上去,他很高兴。我们几个徒弟搀扶着他回房休息。师父一边走一边再三叮嘱我们:"一定要向卜师父好好请教!"随即又对卜师父说:"我的弟子就是你的弟子……"

我扶在师父的右边。他虚弱的手臂和高大的摇摆的身躯,靠在我身上,少了平时的严谨和距离,倒让我觉得似乎我扶的人是我的父亲!那种熟悉的感觉竟让我如此地留恋——似乎岁月正飞速地倒转、盘旋、停止……

这应该是多年前的北方。更具体地说是我的故园——古城固原三里铺酒厂家属院那些清寒雪夜下的月色，那些从各个职工宿舍里传出的猜酒划拳的喧闹声，飞向不远处的后山的军火库，飞向停驻在光秃秃榆树枝杈上的一团偶尔动一下的影子，飞向我少年的不谙世事的梦乡，飞向空旷的只有雪光飞荡的厂区和巨大屹立的几座酒罐银光闪闪的表面……

我的父亲，这个我一直无法说清的给我生命、帮我成长的至亲，在家族人的口中，是一个有着前瞻性眼光的人。他将六个子女中的五个从小镇带到自己所工作的单位，在20世纪80年代初期的固原。多年后，六个子女中有四个考上了大学，其中两个又攻读了硕士研究生。而如今，三个在老家固原，一个远在新疆克拉玛依，一个远在北京，另一个在江南……

正在看沈书枝的《南方籍友邻收集器》。他在《冬至》一文中说："冬至竟又这样迅速来临，去年的冬至仿佛还历历在目。"在今夜，也就是冬至的前夜里，他记起了妈妈的萝卜炖肉。那些逝去的岁月温馨、甜美，在多年后依旧能想起来。

现在能想起的是每年的冬至那天，母亲总是给我们包饺子。一大家子在炉火温暖的屋子里，擀面皮儿的、专门做面剂子的、包的、输送的……母亲总会说："今天（冬至节）吃了饺子不会冻耳朵。"然后，她总会把从外婆那里听来的故事讲给我们听，不外乎是哪个粗心的家庭主妇忘记给家人做饺子吃了，结果丈夫外出，回到家里，抱着炉筒子取暖，用热过来的双手摩擦双耳时，只听"咔嚓"一声，两只耳朵就脆生生地掉在地上，人也不觉得痛……

每年听着相同的故事，倒也不觉得重复无味，只觉得我们很幸福——我们能有一个没忘记吃饺子的妈妈，我们还有一双健全的耳朵。

只是很奇怪，这是发生在我二年级以前的事。它与完整有关，与幸福有关。但这一天，我的父亲似乎没有出现在我的记忆里。是否他真的在城里工作很忙？还是每年的这一天都不是周末，作为会计他不能随便在工作日回来？

等我和二姐作为我们家里第一批去往城里读书的两个女孩开始，我的父亲和母亲开始了他们艰苦卓绝的"教育投资"。从1984年9月开始，到1999年弟弟考上宁夏医学院动物科学系，整整15年的光阴啊。让有着六个子女的我的父亲和母亲，从年富力强到步入暮年，再到如今几个儿女天各一方，他们是否会有后悔的瞬间？多年后，我常常这样想。

我出生在宁夏固原，但我的祖父却是真正的山西小商人。这个当年的"呼郎担"一路向西，顺着许多同乡的足迹，向"西口"迈进。最终，在黄土高原的一处停下了他流浪的脚步……所以，许多时候，这个一口山西话的干瘦的小老头，被镇上的人们称为"山西拐儿"。自然而然，我们也就被称为"小山西拐儿"。这个似乎带有贬义的绰号也带有另一种涵义，比如说聪明，比如说能干。当终于有一天，我们姐弟四人顺利地考入大学时，小镇上的人们又开始羡慕起我们了。而我们姐妹到此时才发现：原来，那个不谙说笑的祖父渐渐远去的音容里，我们的神态、手势或是微笑，哪一样不是从他的血液里流淌出来的呢。

冬至，是山西民间在农历十一月的重要节日，俗称"冬"节。我不知道，在我真正的老家山西，人们是如何度过这个隆重而盛大的节日的。我只知道，今夜——2010年冬至的前夜，一个北方的女子想起了这个日渐远去的传统的节日，在属于她自己的小镇。

最是黄昏惹人爱

一位多年的闺蜜在电话中告诉我:"多么怀念固原的黄昏。你是否也怀念呢?"

怎么会不怀念呢?谁不会怀念黄昏呢?特别是固原的黄昏。她能让人忆起清水河畔沉沉的暮霭、晚霞中金色的垂柳婀娜的身姿;忆起夏日里东岳山下田野里不绝的蛙鸣和新月初升的半顶山脉;忆起南关街和文化巷绰绰的樟树影和回汉人粗犷的乡音……

这些场景的背后,隐藏着更丰富的东西。那是青春、年少、纯情和理想,是岁月深处的发自内心的欢笑与忧伤,是人生最美好的岁月,是记忆中永不枯萎的清澈与明媚啊。

有时候,我只是怀着某种过往的热情,想念着固原的黄昏和街道。那些关于夏末秋初、关于塞外边关的风情。当我站在江南小镇的黄昏里向西北偏西方向望去时,一路经历风雨和迷雾的白昼,更有夜空中星月无声的陪伴。

有时候想想,我怀念着的黄昏,北方西海固的黄昏,离我越来越远了。它们倒像是一个个远离故土的孩子,孤傲的身姿在十年的光阴流年里离我的目光渐行渐远,若隐若现,似乎在提醒着我:你若是再不记下,或许它们将永远逝去了,带着永不瞑目的遗憾。

一直觉得，黄昏是一天中最美好最静谧的时刻，像一个怀有身孕的少妇，静静地享受着初为人母的幸福与甜蜜。但是，最美过后就该是暮色降临，然后就是黑夜。在黑暗里，有时竟有一种人即将沉没的感觉。

我是不是说过，我喜欢看黄昏里的沙金山，我匍匐在她的脚下，像一个虔诚的信徒。一个个黄昏里，我在寝室的阳台上，与书中的人物一起悲欢着、游离着或是融合着。偶尔抬头，望望沙金山。她是个沉默的智者，包容着我的无知与狂妄。

有一次看托马斯·曼的小说。之前并不知道维斯康蒂的《魂断威尼斯》是出自托马斯·曼之手。在电影里，马勒的乐曲贯穿始终。这个创作着一系列让灵魂充满痛苦的曲子的人，在电影里以沉缓的死亡之音描述着威尼斯之死。影片中那个身着海魂衫的凄美的少年让一个成年男子苦苦迷恋着，痛苦而无法超脱。一段同性恋的绝唱，有点像后来的《断背山》，婉约而让人绝望，同时又让人感念同性之间美好的情愫。这是一部充满诗意的电影。

黄昏里，整个人沉浸在这样的悲伤里，突然就忆起了有一年的春节，我回固原过年时，和先生一起去北海子时的情景。当我在北海子庙的废墟前沉重而忧伤地徘徊时，面对冬日里那抹投向北海子庙里惨淡的阳光，我突然深切地感悟到眼前的这些残败的废墟与冬日里的光秃秃的农田埂，似乎在诠释着三十多年前那场留给国人永远的伤痛。它们是无声的疤痕，在三十多年的岁月的风声里无声无息着，却又是如此地触人心目！

塔科夫斯基的电影《乡愁》，让人明白：黄昏的美往往是藏在许多的细节里。

她藏匿在枝繁叶盛的缝隙间，藏匿在小镇人们琐碎而匆匆的脚步里，藏匿在小鸟一声紧接一声的鸣叫里，藏匿在海风吹拂过的指尖眉目间……

许多年里，湿冷的秋风吹过来，夹带着海的潮气。那么美的黄昏开始降临，从沙金山半山腰观海台远望东南方向，只感天海茫茫，林木萧瑟。这个季节里，许多时候，我会站在观海台上眺望不远处的大海。在一个个春日或初秋的傍晚，站在沙金山巅向下俯视，夕阳仿佛在大嵩江里点燃了许多摇曳的纸船。

就是在这样的季节里，我的笔端才出现了诸如《我是黄昏的女儿》《如风岁月》《我生活的小镇》《九月食蟹趣谈》等文章。在这样的黄昏里，不写下点什么，不沉思些什么，都有些愧对生活的内疚感。

还在怀念着2010年最初的三天，黄昏里，我们在海边，静静地望着无际的大海，平缓而深沉地动荡。它绸缎一般柔和细腻，却能在苍穹一般的宁静中，吞噬痛苦、微笑、阳光、雨露，还有生命。三个快乐的孩子，两个擦肩而过的故人，在这样的海边，像是交接着一场没有落幕的演出。泪水袭击了整个天空，瞬间，天空塌陷。我是唯一的见证者，在黄昏的海边。

记得几年前跟一个学生到大嵩一处隐秘的河湾，是从杂草树丛中摸索着过去的。走了一会儿，一群花喜鹊从芦苇丛中蹿飞而去，蒲草的长叶像女子秀美的长发在微风里飘摇着，偶尔轻轻地拂过你的脸，竟像做了一个朦胧的梦一般。夕阳下，她们身披金黄色的纱衣，轻启朱唇。啊，是谁说，她们是夕阳中的新娘？

还跟另两个学生去过横山码头，那是在2001年的秋天。夕阳铺满了整个象山港，微波轻荡。不时有远处的汽笛鸣起。这个联结鄞地与象山的港口，是东海入海口处一个普通的港口，但在一个异乡人的眼中，她充满了奇异的色彩。

哦，十年里，这个港口，和她身旁的这个昔日叫作"盐场"的小镇，如同一条巨大的河流，将一个地方的全部印象，都化作了个人的、绵密的、厚实的、雕琢的、绵延的、忧伤而平静的回忆。

依稀还记得是在 2003 年一个春日的黄昏里,我骑着一辆从学生那里借来的自行车,轻松地行驶在横码公路上。路旁的农田或是野草,闪着明媚光洁的色彩,在我的眼前跳跃着、欢腾着、幸福着。临近横山码头的地方,有一块不大的草丛,挺拔地站立着,暗绿色的身子上闪现着赭红色的光泽。那时,我亲爱的女儿还在我的肚子里,那时,我还不知道他(她)是男是女。我只知道,这是个顽皮而快乐的小家伙。他(她)应该有着一头浓密的黑发,黝黑的眼睛里闪着快乐而幸福的光芒。面容和性格应该是像我。

就是在这样的一个春日的黄昏里,一个人静静地沉浸在即将为人母的甜蜜的幸福里,享受着那些花一样细密绵长而复杂精致的细节和记忆。与故乡有关,与异乡有关,与一个人伴随着的细腻而生动的感觉有关。

小镇的黄昏里,渐渐地,暮色四合的时候,感觉到它的影子或是本身似乎一直没有变化,它是缓慢、有节奏的,绵长的,无穷无尽的。小镇的黄昏似乎带着一种追忆的味道:浓重的江南小镇,带着 20 世纪 90 年代特有的商品气息弥漫在这个临海的小镇上。海鲜味儿吸引着众多的宁波人前来尝鲜。

哦,多年来,这个面朝大海的小镇,已成为我血液里另一种无法割舍的情愫。是恋人,是故人,是母亲,是故乡。我在此地生根发芽、落地开花、结果成熟。我风一样自由快乐的女儿成了另一个我的延续。

而小镇的黄昏里,在沙金山沉稳的目光里,你这个西海固的女儿,不光成了黄昏的女儿,更成了沙金山的女儿。

在愈来愈暗的四合的苍茫的暮色里,你突然想起了史铁生的诗:"今晚我想坐到天明 / 坐到月影消失 / 坐到星光熄灭 / 从万籁俱寂一直坐到 / 人声泛起 / 看看 / 白昼到底是怎样 / 开始发疯",也想起了海子的"愿我从此不再提起 / 再不提起过去 / 痛苦与幸福 / 生不带来,死不带去 / 唯黄昏华美而无上"。

一路辗转,一路穿行,一路且听风吟与鸟鸣。终于,你从西海固的女儿变成了沙金山的女儿,在四月的黄昏里,在 2011 年我的小镇上。

　　哦,到此时,你才终于可以说,"最是黄昏惹人爱"啊。

等你回家

以前有一位从江西来的同事,是位音乐老师。他不光会唱许多高亢嘹亮的诸如《北国之春》之类的美声歌曲,还会在每年的元旦文艺会演中用萨克斯吹奏那首著名的《等你回家》。不管是歌曲还是演奏的曲子,都会赢来师生们的阵阵掌声。掌声末了,还会有更多的声音响起来:"再来一首!再来一首!"

我也在场。只不过我不会跟着那些狂热的学生喊:"再来一首!再来一首!"每次,听到这支曲子,我都会想起你。想起你,就会有一种想流泪的冲动。因为,我在等你回家。

是的,等你回家。

当我一天天地在这个水性江南的苍翠和蓊郁中走过清晨时,当我享受着婉转的鸟鸣和黄昏时刻的宁静时,我的内心越来越清晰地传递出一个声音:在这个异乡的星空下,你背离了故土来到这里,你是否已经寻觅到了自己原初的梦想?而这,是否,只是又一个借口呢?

我知道,我没能飞翔,但却以一种更坚实的足迹走在这个江南的丘陵地带的纵深处。真正香甜的阳光离我的生活越来越远,它们远远地隐在远方的黑暗里,在不知不觉中成为我眼前巨大的幕布,厚重而隐秘。它们似乎在等待着,等待着有一天我会揭开它,让里面的演出能继续进行。

　　春天的夜晚,我会坐在桌前,感受着漫天浑黄的侵袭。风沙像一群兴奋而喜欢闯祸的孩子奔驰在这群见证过无数战争拼杀的苍老的槐树下。黄泥小屋那贴满窗花的屋檐下,挂着稀疏的几串干透了的红辣椒和几串饱满的紫皮大蒜。而那些杏树点缀在一些田间地头,树叶和花都在以不同的姿态生长着。我知道,我再也不能感受到那风沙吹拂我长及腰际的黑色的头发。她们曾经隐藏了多少风沙的孩子啊。他们在这片黑色的瀑布里嬉笑、打闹,诉说着各自的秘密。只有当一片又一片的水雾开始升腾时,他们才会恋恋不舍地离开,在水的底部积蓄着力量,等待着下一次风起之时回到熟悉的黑色中。

　　我知道,黄沙飞舞的日子已经在我的身边消失了。如今,我的长发已很难再成为那些风沙孩子的乐园和梦乡了。这些黑色的瀑布也很难再感受到那凛冽而清洁的寒意了。我是说北方的雪日。

　　当有一天,我听到马思聪的《思乡曲》时,一股绵长而忧伤的感觉攫住了我。那也是个秋天。天空因少雨而显得深旷而高远了起来。云淡风轻,一抹又一抹的晚霞因迟暮而显得格外绚丽。

　　终于我明白了,我等待着的你是——一条河,就是孕育着我们祖先和我们自己的清水河——我是在等你回家。

　　对一个从小在出生地生活了二十多年的人来说,出生地便成了故乡。一旦离开得越久,故乡的影子则越清晰起来。于是,对于故乡的人和事也更加关心,倘若在异乡遇到老乡,大有"君自故乡来,应知故乡事"的味道。之后,回故乡的次数便渐渐多了起来。

　　据20世纪80年代出的一本《固原地区概况》记载:"清水河是固原地区注入黄河的最大支流,流域面积8499.6平方米,河长180公里,年平均降水量由上游的600毫米到下游的200毫米,流域内平均年降水量360毫米,水域年径流量1.65亿立方米。上游区半年基本可自给,其他年份中、下游区少水或干涸。流域每平方公里产沙3.41吨,水土流失严重,流域内苦水分布广,含盐量高。"

这是一块怎样的土地?当联合国的人员来到这片土地考察的时候,他们发出了"这是一块不适合人类生存的地方"的感慨,他们心酸,他们落泪,然后他们心痛地给我们送来了一批批的捐助物品。只是他们不知道,他们走后,这块土地上的五十万回汉人民,还是淳朴而坚实地活着,踩在这块干渴的土地上,他们仍然露出开心的笑容:这算个啥呢,活人还能让尿憋死啊?

这块历代被视为军事重镇的地方,秦皇汉武、唐宗宋祖、一代天骄成吉思汗等帝王都亲临过,立郡设县,建关筑城。这个曾经的古萧关,是一个"水草丰茂,牛羊成群"的地方。这个古劲沧桑的北国小城里的秦长城、北魏开凿的须弥山石窟、二十里铺的拱北、小蓬莱、钟鼓楼、魁星阁等,曾使班彪、李白、王维等人留下了脍炙人口的诗句。《诗经·六月》里写到的尹吉甫奉周宣王之命,北伐猃狁获胜的事迹,里面也有"薄伐猃狁,至于大原。文武吉甫,万邦为宪"等描述,此处的"大原"就是我生活了二十六年的故乡——固原。王维在其《使至塞上》中有"大漠孤烟直,长河落日圆。萧关蓬候骑,都护在燕然"之句让我的家乡古萧关在他写了诗句的一千多年之后,还有那么多清脆的童音传诵着这些美丽雄壮的古边塞。

西北的风沙和雨水总会让人想起一个词语,那便是悲凉;它们常常会让人想起两千多年前纵马驰骋的古军队,想起曾经清澈丰腴的河边的骏马已消失殆尽,想起那些豪迈的先民们荡漾在河边草间的欢快爽朗的笑声在历史的回响中悄无声息……

想起这些,我的心就会隐隐作痛,而我的心还会在等待中度过一天又一天。在我逃离了故土七年的日日夜夜里,懦弱的我在等待着故乡绿意葱茏水草丰茂的日子。而这一切都要源于一条河的丰盈与壮大。

等你回家，等你将千年前的水草丰茂的草场和健硕的牧马还给我们的眼睛，等你将汩汩的清泉般的悦耳还给我们的耳朵，等你将那片节节拔高迎风摇曳的草儿和不知名的小花的清香还给我们的鼻子。

我停在历史里，我停在现实里，我停在草场的牧歌里，静静地等待着你的回答……

一席窗花

一入腊月,整个小镇就开始张罗着宰猪了。你听听,这家叫得凄惨,那家的猪叫听得人泪水涟涟的,就连我这个小人儿也禁不住恓惶起来。

猪早就宰好了,各种熟食也全都准备好了,就放在两个超大的笸箩里。有丸子、酥肉、油里煎过的切成两寸长的带鱼段、做好的五花肉、八宝饭、沸水里煮过的萝卜片、压好的"花肉"和肉冻……笸箩像两尊腆着大肚皮的弥勒佛一样富贵,安坐在西屋里,慈祥地看着我们。年仿佛就端坐在这两个笸箩里,等待着自己的闪亮登场。另有两个大缸装馒头和油饼,油撒子是放在纸箱里的。

离家门口一百多米处就是集市,腊月二十八这天一大早母亲就去集市了,所有的年货办得差不多了,都装在两个大大的用包装袋编织的菜篮子里。一到家,母亲最先总会神情庄重地从菜篮子里拿出一张黄色为底花绿相间的印刷纸,大姐欢快地说:"妈,你买了灶神?"母亲飞快地扫我们一眼,用很虔诚的声音说:"是请灶神!"我们几个点点头:"请灶神!"母亲满意地笑了。

等把花生、瓜子、红枣、水果糖、花生糖、大豆等一一摆放到桌上后,母亲最后拿出了几张花花绿绿的纸来,还从缝纫机盒里拿出几把小巧而精致的剪刀来,对我们姐妹们说:"剪窗花喽!"

　　腊月二十九,父亲放假从城里回来了。带着一大桶的酱油、醋,还有一些时蔬:鲜绿绿的韭菜和蒜苗、红艳艳的胖辣椒、黄澄澄的灯笼椒……父亲一回来就张罗着给娃娃们洗头、洗脚、剪头发,然后就开始写对联和贴对联。

　　现在想想,那些物质的东西有了,人们还得将一些精神的东西请回家。就像一个大房子里有诸多的东西,还得有一个主心骨主持着公正。

　　这些年货的采购,好像都是为了陪衬这个主角的出场。你看,年三十儿午饭后,父亲将喜庆火红的春联贴起来了。细心的二姐将手中的彩纸剪成了一朵朵吐蕊怒放的花儿。整个院子噌的一声,顿时就亮了起来,喜庆了起来。

　　窗花是我们那个地方的人们贴在纸窗上或是玻璃窗上的一种"花儿"。或许冰天雪地的北方没有鲜花绿树的陪伴,寂寞的人们需要这些喜庆的东西做伴儿。

　　窗花是与这些年货们一起摇摇摆摆、拥拥挤挤、热热闹闹地蹿进我们家里的。安静乖巧的彩纸在我们姐妹们的手中,渐渐地成了一朵绽放的梅花、一只顽皮的猫儿狗儿……窗花,是精灵,是寂寂的冬日里人们对春天的向往和期盼!窗是房子的眼睛,窗花是窗的眸子,也是窗的孩子。这一剪刀一剪刀下去,眼睛出来了,嘴巴也出来了,梅花的花瓣也出来了。手在动,眼在动,心也在动。静谧的时光里,大伙儿围着温暖的火炉或是坐在热烘烘的炕上,一边聊着各自的近况,一边忙活着家务……

　　如今,我在这个小镇已经生活了十年,年岁临近时,烟花是升空了,爆竹是响起来了,但人们的神情是平淡的,似乎还带着些微微的冷漠,也许跟不贴这大红的代表喜庆和吉祥的窗花有关吧。

　　先生所在的单位是一所私立学校,来自全国各省市的人都有。每到放寒假前一个月开始,学校就安排几位美术老师为全体职工写春联。那些天的他周身散发着一股浓浓的墨汁的清香。有时候去他的办公室,偌大的空间里,地上、桌上、墙上全都是他写的春联。红与黑、喜庆与沉默,就这样完美地融合在了一起,熟悉得就如同多年前在北方的那个院子里父亲写春联的场景……

先生也会买来一些彩纸,用刻刀刻一些生肖。大而精细,比起以前我们姐妹们用小剪刀剪得窗花更有艺术的韵味和美感,但缺少一些童年的快乐。

啊!又是朔风西北来,又是一年年将近,又是一年大雪临。多么怀念那些年北方一起欢喜过大年的情景,那里面不光有对物质的憧憬,更有对精神的追求,就像那一席席的窗花、一面面的春联……

哦,过大年喽!

年关临近贴春联

昨天打电话时,问先生在干什么,他说,还在写对联。他所在的学校共有两百多个教职工,每年临近年关时,校领导总会让美术组的几位老师写大量的对联。来自全国各地的老师都可以来挑选自己需要的对联。

于是,每年此时,都是他们最忙的时候。

能够想象出一个人站在一副副裁成约二十厘米宽的鲜红对联前挥毫洒墨的样子:一执笔、一回腕、一运笔、一高悬、一点画、一抬首、一蹙眉,周围铺展开洋溢着喜庆与吉祥的、散发着浓浓墨香味儿的春联……

据《后汉书·礼仪志》说,桃符长六寸,宽三寸,桃木板上书"神荼"、"郁垒"二神。"正月一日,造桃符著户,名仙木,百鬼所畏。"所以,清代《燕京时岁记》上说:"春联者,即桃符也。"那会不会春联本来就是为辟邪而产生的呢?是有这个可能的吧。

据《宋史·蜀世家》说:后蜀主孟昶令学士辛寅逊题桃木板,"以其非工,自命笔题云:'新年纳余庆,嘉节号长春'"。据说这是中国的第一副春联,对仗工整中透露着福气和吉祥,这也是一种模式。直到宋代,春联仍称"桃符"。王安石的诗中就有"千门万户曈曈日,总把新桃换旧符"之句。宋代,桃符由桃木板改为纸张,叫"春贴纸"。

据明代文人陈云瞻记载:"春联之设自明太祖始。帝都金陵,除夕前勿传旨,公卿士庶家,门口须加春联一副,帝微行出观。"朱元璋不仅亲自微服出游,观赏笑乐,他还亲笔给学士陶安等人题赠春联。帝王的提倡,使春联日盛,终于形成了一种风尚。

我的眼前又出现了西北的那座小院。那里的白雪、槐树和天空中的云霓,那里的风和过年时贴在各个房门上的春联,还有欢闹的爆竹声,以及家家户户飘出的油香味儿,儿童手中的彩色风车、红红的灯笼,这一切构成的年味都那么使人梦魂萦绕……

我很想再回到火炉或烤箱旁边烤火,因为那里的温暖和光线很适合回首往事。对于一个不喜欢空调的北方人来说,在江南阴冷的冬天里,总会想念北方的炉火。那是一段与童年的美好时光相融合的日子。

有一年的大年三十,父亲喝醉了酒,他嘴中一直嘟囔着:"高山上一朵梅花,高山上一朵梅花……"从他的醉话里,我们才知道,原来母亲的名字里有个"梅"字,所以父亲总喜欢把自己的姓与母亲的名儿放在一起。那真是一段美好而温馨的日子啊。我站在岁月的这头远远地看着远方,想着我的父亲——他是个会拉二胡、会唱歌、会唱秦腔、喜欢养花的人,用现在的话说,就是一个文艺青年。

这是岁末的江南。冬雨中的江南没有一点儿西北古城的岁末的风韵。除了雨,就是那些行色匆匆地包裹在或蓝黑或烟灰或青紫色的伞下凝重的面容。此时的江南,早已少了那些春暖花开时的淡雅写意,而多了份阴冷与凝固。不像我的故乡:每年的此刻,瑞雪包裹着的古城中,穿红着绿的人们在干冷劲吹的朔风中快步疾走,为过年大张旗鼓地准备着年货。在大大小小的包裹中,有一样东西是必不可少的。你来看吧,就是那些被古城的人们小心翼翼地包裹着的一副副春联。会书法的朋友们在街上当场写就,人们总会凭着自己的兴趣选择合适的对子来买。我也喜欢站在卖春联的摊子旁看一会儿，不懂，只是感受一种美的韵味。

我生活着的这座滨海城市，没有贴春联的习惯。这些传统的喜庆色彩太浓的事物，已经在慢慢地消失，连我工作的小镇也不再张贴了。

迟子建在她的《白色的墓园》里说："年已经像一个许多天没吃东西的大肚罗汉一样气喘吁吁地走到门槛了，只要稍稍开一下门，它就会饥肠辘辘地进来。"我很喜欢这个比喻，像一个多年不见的老友，在一个陌生的地方突然相遇的那份惊喜与温暖。我接它入怀，亲密地拍拍它的手，最终还是被我用在了我的一篇小小的文章里，带着被改装后的笨拙。

老北京有这样的一句谚语："二十三糖瓜儿粘，二十四扫房日，二十五去碾谷，二十六去买肉，二十七去宰鸡，二十八把面发，二十九蒸馒头，三十晚上扭一扭，大年初一拱拱手。"喜欢这样浓郁的准备过大年的气氛，仿佛一种神圣的仪式，将人的心也填得满满的，带着不再无聊不再空虚的存在感。

酒厂旧事

一、声音

窗外传来嬉戏的声音,将我从半睡中惊醒。这是五月的午后,初夏的影子如一条长长的绳子一样,不时地将我拉进甜美的梦乡里。梦是甜丝丝的,还有些许的酸味,让我陷入其中……

像什么呢?我使劲地想着,想着……对!就像一个巨大的镜头在晃动着,零散交织着的碎片似的画面穿过纷扰、平淡、充实的十几年的异乡生活,穿过两千多公里的路途,穿过风雨四季的变迁,穿过疼痛过的夜晚和白天,一下子向我涌过来,将这包围和淹没。

这是一个巨大的酒厂。它正散发着浓浓的白酒味儿,还夹杂有香槟酒、佐餐酒、沙棘汁和五香炒货交织在一起的味道。这味道是否带有一种魔咒,让人在这初夏的高大挺直的白杨树下,想永远睡去?

使劲想将自己从午后的昏睡中拉出来,但那梦乡似乎有一股什么力量将我又不时地扯了回去。一来二往中,我就又迷糊着睡过去了。

"咯咯咯……"一阵清脆的笑声让我一下子清醒了过来。我听清了,那是后面做饭的师傅,人称"小马"的一个姑娘。回族,大约二十一二岁的样子,人长得一般，但梳着的两条长长的辫子，为她增添了不少的风情。记忆里她是个爽朗泼辣的女子。做饭的手艺谈不上多好，无非是羊肉臊子面、面片子、凉面或是米饭炒洋芋丝、羊肉炒南瓜等。水煮羊羔肉有，但是只是在周末或是节日才有。对于这些上灶的年轻或不年轻的光棍来说，饭菜的味道在其次，关键是她麻利，又爱干净。所以大家还是喜欢去灶上打饭吃的。打好饭后，大家就或蹲在灶房前的地上吃，或是站着边聊边吃。能聊什么呢？就说说家长里短呀，谁恋爱了呀，谁又和领导去叫板了呀，或是昨晚的电视剧演到哪儿了，接下来的剧情会是什么。日子是无穷欢乐的，哪可能没的聊呀。

周围吃饭的多是一些小伙子，有顶替父亲入厂的，有毕业后经国家分配来的，也有通过关系进来的临时工。他们健壮、淳朴，并且舍得力气干活，却不会在这为将来的路上多想一些什么。跟父亲年纪差不多的几个人也在灶上吃饭的，而父亲却是最早把孩子从镇上接到城里来读书的人。他常常感慨地说，这叫"教育投资"。1984年离现在多么遥远啊，但就是在那个遥远的九月里，我的父亲将他的两个女儿（我的二姐和我）一起转到了城里读书。几年之后，大姐、大妹和弟弟也陆续被接到城里来读书。只有小妹没有，这成了她和全家人内心最隐秘的疼痛。时至今日，我还能清晰地想起父亲说这话时头微微上扬的踌躇满志的年轻意气。这些穿过岁月层层斑驳的流离的场景，一再地回到我的眼前，连同我所熟悉的酒厂气息。我们如同两个相知的恋人只是默默地遥视，却永远无法同行。

那时，我们已经搬到沈伯住过的套间里了，就在灶房的前面。所以灶房里发生的事情我和二姐多多少少都知道一些。所谓套间就是两间房连在一起，只有外面那间房有进出的门，另一间房门通过外房来进出。父亲的办公室兼卧室就是外房，我们的进出必须通过父亲的眼睛。父亲是会计，那时候很忙。那也是酒厂最辉煌的一段日子，红火而充满了过日子的乐呵劲儿。

辑五　故乡风情

　　我和二姐做好饭等父亲回来的这段时间里,后排灶房那边喧闹的声音早已响起,你不想听都不行。我和二姐以前住的房间是从酒厂大门进来后的那间。据说以前是用作开杂货店的。那是一间孤零零的房间,不大,但不旧。里面最显眼的就是一个用来隔开顾客和销售人员的宽宽的柜台,用水泥做成,却并没有拒人于千里之外的冷漠之感。相反,倒是很温暖,还有……自由!

　　父亲吃过饭后就和同事们聊天或喝酒,有时会去同在三里铺的三姨家或是四姨家。偶尔会留下来,和我们一起聊学习,或是谈起他昔日在固中(固原一中的前身)那些性格各异、博学多才的老师们可怜的境遇及自己对学习的向往。那样的时刻,是随意的却又似乎带有一种说不出的拘泥。我们都明白,那是因为我们从小已经习惯了这个严父在生活中的"急性子"和说一不二的作风。真正随意和自由的口子是无法一下子撕开的。但的确,那是一段最值得留恋的日子。这当然包括在套间里的日子,它是这样时光的延续,带着流水一般清亮的光辉闪动在我日后的记忆里。

　　酒厂工人上班是三班倒,上班的场所就是酒厂里的白酒车间,里面多数都是雾气缭绕、热气腾腾。工人们都赤着上身,大汗淋漓着,用宽大的铁锹用力地铲起一铁锹又一铁锹的高粱壳,然后有力地扬起,再送到直径三四米大、一人高的铁皮大桶里。一个车间里有五六个这样的大铁桶,每个桶下有三四人不等。顺着小弯管子流出来的热酒,被人们端到车间外,凉一会儿,不久就带着醇美的好意进入人们的肠胃。初喝的人不知深浅,喝醉是常有的事。晚上,大家除了看厂里工会那个黑白大电视里播放的《侠女十三妹》《血疑》外,别的时间就是在喝酒或是唱秦腔。别看小小的酒厂,只有这么些常住人口,但几个酒摊子几乎是每夜可以摆起来的。一个酒摊子上,人不多,三五个一伙。里面总有一个两个酒鬼,大家互相算计,想方设法要把对方灌醉,那阵势就像民间比武似的。各人的表现都不同,有武醉和文醉:武醉就是喝了酒后骂领导或平时看不顺眼的人，打架、摔东西，打老婆；文醉就是睡觉，有睡在麦草垛下的，有睡在雪堆里的，有睡在自家门前的，还有的睡在自家院子里的猪圈鸡圈旁边的。

这些声音就像一道长长的丝线一样，将我从当前拉回到从前。在这些声音中，还夹杂着一个苍老的声音："来，快来吃洋芋！刚出锅的热洋芋——"尤其是最后的一个字，往往拖出很长的尾音，混有较重的鼻音，就像舌头和鼻子粘在了一起，没法子拉开一样。这样的声音常常会出现在梦境里，偶尔也会出现在我回忆的角落里，像是一首背景音乐，带着黏稠的酒的微微的熏香，让人不知道自己到底是在梦里还是在回忆里，或只是生活的幻象？

高粱酒浓烈香甜的酸甜味飘来时，整个酒厂就被缠绕在这种令人兴奋的味道里，人也会变得如痴如醉。酒糟中甜蜜的芳香，像无孔不入的尘埃，纷纷扬扬地起舞着、喧闹着，让你的鼻子酥痒起来，让你的眼睛迷离流连，让你的嘴巴吮吸着、咂吧着——啊，这芳香的气息让整个酒厂变成了一个巨大的酒瓶。人们在里面迷醉地走着，走着……这火热的生活啊，感染着我们中的每一个人。你看，再稳重的人，喝几两小酒后，也会旁若无人地高声喧哗，好像酒在他们的体内会成为一股豪气和斗气，甚至是怨戾之气。同事之间常会有因喝酒而斗气打架的，或是借此发酒疯出口怨气的。那时的我，对这个叫酒的东西充满了矛盾的感受：一方面迷恋着它的醇美的芳香，一方面又厌恶着它让人失去本性。

二、马老汉

马老汉在我的记忆里一直是个老人的样子：微微驼着的后背，一头花白的头发,对人总是一脸卑微而讨好的笑容。这个从郊区来的看门人带着农村人的朴实憨厚在酒厂里待了很长时间,同我们一起见证着这个厂子辉煌的初期。说实在话,这是他给人初次印象最深的地方:一脸的真诚,是很难让人设防的。现在想起来,其实他当时大概只有五十多岁的样子。奇怪,少年时期只觉得超过四十岁的人就是老人了。他们逐渐缓慢下来的动作和说话的语调,还有一种看不见的,但可以让人通过鼻子闻到的一种苍老的东西笼罩着——多么令人恐怖地老去!那时,我和二姐就商量着:最多活到三十九,然后自杀!不谙人事的少年的言论本不该当真,就像世间的许多人和事一样,带着没有经历过的自负的语调……

那时,镇上的家庭中能在城里有工作的人并不多,他们被小镇上的人们称为"工作人"。当然,这些人的家庭条件都比较好:有一个体面而固定的工作,家里还有农田。

记得第一次见马老汉时,他正在办公室兼宿舍前面的一块地里拔草。八月末了,窸窸窣窣的秋风已经开始暗潮涌动,在正午的阳光里。地里靠近路面的地方种着些花:八瓣梅、地雷花、喇叭花等,一些固原最常见的家养花。长势最撩人的算是鸡冠花了:昂首挺胸地,带着蔑视群雄的神态,长得的确是比别的花儿高出几头。中间种的是菜,有土豆、白菜、萝卜等,印象最深的是瓠子,现在都叫西葫芦。

马老汉挺起腰,抬头,用手遮着阳光,眯着眼:"噢,是高会计啊!这是你女儿?"我在离父亲三四步远的地方,大方地盯着他看。父亲平淡地说:"叫马伯。"我也平淡地叫了声:"马伯。"阳光有些刺眼。二姐早我一个月前到了,在车间里和厂子里的许多家属一样洗瓶子挣钱。这是一种带有荣耀性质的活儿,一般没门路的人是进不来的。瘦小的二姐坐在一群妇女中间愈发显得单薄了。她本是一个寡言而懂事的孩子,没人注意到她丹凤眼下面那双黑亮的眸子里的镇静与主见。不像我,大方里略带一种傻傻的劲儿,倒显得没有主见了。也是,一个不到十岁的孩子,会有什么主见呢。

常常会想起他在酒厂门房里煮的那些洋芋:沙甜有面劲儿,咧着张开的嘴巴,像一个个开心的娃娃。大家开心地吃着、聊着,夜晚便均匀而缓慢地开始了。这样的情景在冬日里常常上演,带着洋芋的清香和土地的味道。

晚饭后,他的门房里常常挤满了职工。人们从口袋里拿出各个瓶装的酒来,二话不说,先满上,胳膊一伸,几乎同时声音就炸雷似的响起:"哥俩好呀!六六六呀!八抬官呀!五魁首呀!""就你这臭拳,还跟我划……"得意之语是遮掩不住的。这些熟悉的场景每天都会上演。马老汉咧开嘴角,给人满酒,或是立在旁边,帮人递个水或洋芋什么的。这样的"酒摊子"还有几处。反正酒是不要钱的,人们总有办法弄到不要钱的酒来喝。这些粮食的精华就这样被灌进了人们的肚子里。夜空里,整个厂子里传出的都是欢笑的声音。

偶尔也会安静下来,是在周末或是某个特定的日子里,比方说国庆或五一的前夜。门房里会有秦腔响起。父亲和马伯一起,一个二胡一个板胡,两个配合着一响。空阔的院子里会有房门的声音不时响起,然后,三三两两的人会聚在这里,几个人你一嗓子我一嗓子就开唱了,简单但不失对秦腔的热爱。马老汉会唱《周仁回府》《三娘教子》《窦娥冤》等。父亲多数只拉二胡不唱,那是他最沉浸在内心的时刻:微闭着双眼,头随着二胡的旋律轻轻地摇摆着,一脸轻松。他的手轻柔或是有力地拉动着,动作优美。

周利民的秦腔就是这个时候在我的耳边响起的。他有着浓郁的地方口音,说话会有长长的尾音,像是领导在发言一样"呃……呃……"个不停。他是个天生的乐天派,是整个酒厂里最喜欢向父亲请教孩子教育事宜的职工。

等到新的办公室建成后,门房就搬到了离大门口最近的那一间,刚好就在我和二姐住的那间小屋前面。地基就是种花的那一片,东西走向,六七间的样子。砖木结构，水泥浇顶的平房。比以前的那些土木结构是高档了不少。花是不种了，只种了少许的白菜、土豆、葱等。菜是供给食堂的，但住在厂子里的职工都可以食用。新房子往那里一站，显得有气派，再看这些七十年代盖的老房子，就显得邋邋极了：这儿掉了一块泥皮或是那儿的玻璃破了几块，只好用旧报纸糊上——带着过日子的凑合劲儿。

每天上学放学我和二姐都要经过门房去后面我们住的小屋。我们经常发现，马老汉在门房旁边靠近厂墙的地方堆了一些草呀、快腐朽的烂木头之类，过一段日子，等他儿子从家里来时找个手扶拖拉机拉回去。后来，就慢慢马老汉就把厂子里的废铁、废旧机器，用乱草木遮盖着，等着再拉回去……一次他扒拉开乱草后，里面赫然藏着一个半成新的粉碎机，只是上面的斗有些生锈。应该还可以使用吧，我和二姐猜测着。中午的时间极短，我和二姐手忙脚乱地做着午饭，就听到了他和他儿子把那个机器装上拖拉机的声响。一阵轰鸣后，一切又恢复了平静，只有麻雀在白杨树间唧唧喳喳个不停。

是不是他以他淳朴的庄稼人的憨厚劲儿，迷惑了许多人，从而让他有机会把厂子里那么多公家的东西"拉"回家？

几年后，不知什么原因，马老汉也同他拉回去的那些机器一样，再也没见回来。现在他老人家在的话，日子应该很好了吧。

那些斑驳的时光

我想,大多数时候人还是愿意回忆起那些或美丽或遥远的往事的。我也是一样。当一天天地迈入中年的门槛时,我不时地会想起以前的那些事,就像是溺水的人哪怕是抓住一根细小的麦秸,也要将所有的生的希望寄托于它身上一样。

我不知别人是怎样想的,反正我就是这样的。

脑海里总会传来一首歌——《灰姑娘》,这首在上个世纪九〇年代的校园里很流行的歌曲。不知为什么,总觉得别人说起"上个世纪"这类的语句,很不习惯,就好像我们距离这个语句已经很久远了一样。但现在,我似乎也能很平静地说起它了。

我是否已经真的老了,不光喜欢怀旧,说话也似乎唠叨了起来。但是我还是喜欢这样说下去。

文化街是我们那座古城里最繁华的一条街道。顺着十字路口向西,大约是一百米的距离,向北的方向有一条小巷子。不宽,两辆桑塔纳刚刚可以擦身而过,并且巷子口特别热闹:有卖炒栗子的回族小伙儿挥动着小铁铲在冒着热气的黑沙中卖力地搅动着,一边还大声地吆喝着:"栗子,刚出锅的热栗子哎……"有卖酥馍的回族老大娘,头上戴着白色的帽子,上面还有一层纱做的黑盖头,黑黝黝的脸上布满皱纹,整张脸黑中带红,透着自足与幸福。每个从她摊前走过的人都会看到她的笑脸,还有回族味很浓的声音:"酥馍!又大又酥的馍哎!"只是买的人很少,大部分是那些刚进城办事的农民或是刚下车的外地人。还有乱七八糟排放着的自行车,更是让本不太宽的路面更显得拥挤而喧闹。

拐进了小巷,左手的四层楼是商城。里面什么都有,小到日常百货,大到服装家具,详尽而周全,抢购的女孩子很多。再往前走约有五十米的样子,就到了县卫生学校。大部分是一些十五六岁的女学生,她们是想早些毕了业分担一些家庭压力。两颊的"高原红"让这些纯真的女子们在这个小小的北方城市里有了一丝的不安。那是有了对比之后,望着城市女子们细腻的光洁的面容,她们开始为自己长了十多年的面容而忧愁和烦恼开了。这些单纯而质朴的高原上的女孩们,她们的梦想只能从这个小小的卫生学校里起飞,最终还会回到她们的家乡。毕竟不比前些年,考上了卫校就是吃公家的饭了。唉,说来说去,还是生不逢时啊。

继续往前走,不到两三分钟的路程,就是宁夏固原高等师范专科学校了。

这是一所普通的大专院校,校园也不大,只有我中学的一半大吧。校门就很普通,两扇用钢管焊成的竖条状的大门永远也没有关闭过。两侧照例是两道只容一人一自行车通过的小偏门,只不过北面的那道是从来也没有打开过的。我们常走的就是南面的这道,靠着门房这边。三年里,我们不知从它这里进出过多少次。三年里,我们经过它的身边时,它总是默默地注视着我们这些青春张扬、年轻饱满的脸庞,一言不发,让我们常常忽视了它的存在。只有它清楚,我们的青春是多么的不堪一击啊!

进了校门,便是一条笔直的甬道,不长,只有两百米的样子吧。宽还是宽的,只是水泥缝间的缝隙有些大,骑自行车时,速度稍快,屁股就会被"蹲"得离开了车座。但是,在一个小小校园里有车骑还是让人羡慕的:有车骑的往往是家住在本城里的人,他们可以时不时地回到家里去"打打牙祭"。所以有些男同学骑着除了车铃不响其余哪儿都响的"车"横冲直撞也就不足为奇了。

随着"哐里哐啷"的车响声,甬道两旁随风飘荡的垂柳,它们婀娜曼妙的身姿常常会让一些身材臃肿的刚入校的大一女生心生羡慕。而夜晚,在路灯下,在月光里,它们更是迷得让人走不动。于是,许多诗歌爱好者在清幽的路灯下对着它们作沉思状,一定要越投入越好。只有这样,刚入校的傻乎乎的小女生才会被那些沉思状的剪影所吸引,最终"羊入狼手"。当然,这也有文学的魅力在其中……

这些啊,都随着时光的流逝渐渐地离我们远去,只是我不知,这世间,还有多少怀旧的心在这里嗅着旧日的诗卷,在暗夜里独自感怀往昔呢?

不过,等真正成了"一对"后,他们便不再在这人人能看得到的地方共同看月亮、数星星、嗅花草的芳香了,他们会去路灯稀少的操场。而有月光的夜晚,更是增添了不少的情调。那宽宽的跑道上走来的一对对男男女女,一个个男的如绅士,女的同淑女。要想知道他们发展到哪个阶段了,从他们并排行走的距离就可以看出了。

印象最深的就是英语系的那对全校有名的师生。男的是英语系的一名老师,个子不高,人也长得很瘦。唯一能让人看出他身份的是他的眼镜,很厚的镜片戴在他瘦小的脸上,有些突兀,甚至有点滑稽。当然,他也有与众不同的地方,那就是他是"海龟"。那个时候,在我们这个北方小城里,"海龟"还是很少的,所以他们在人们的眼中总是有些神秘。

在我们的印象里,"出去了"的人是很少再回来的,就像我中学的一位美术老师,姓柴,白皙的皮肤,高高的个子,优雅的举止,特别是她的衣着很别致。现在想想,其实她的衣服跟小城里别的女人也差不多,但穿到她的身上,总有一种别样的味道。比如说她穿一件黑色的夹克衫,一条红纱巾倒系在脖子上,衬着她白白的肤色,就让她身上散发出了一种韵味,一种风情,一种让女人说不清道不明的舒服感,更不要说那些男人了。后来,我们就再也没看到她。

走在"海龟"旁边的是则是他的女学生。一个瘦高个的女生,很不起眼,也有点不苟言笑。如果一个女孩不漂亮,但还可爱或是温柔,那么她一定会讨不少男孩的喜欢。但看她的样子,每一样都不占着,并且,她还长着一副"女强人"样的严肃与精明的脸。于是,她只好做"另类"了。当然,这还跟她每个黄昏降临的时候与她的"海龟"老师并排走在操场的跑道上,边散步边用英语交谈有关。随着一圈又一圈的"英语对话",女孩的英语口语水平突飞猛进,而"海龟"的老婆,一个温和而朴素的女人脸上的笑容则越来越少了。她在校门口的校办门市部里做售货员,听说还是临时的。一对双胞胎女儿花朵一样美丽而充满灵性,那时她们大概只有三四岁的样子。眼睛里的纯洁和对这个世界的好奇都让我们这些女学生忍不住去摸摸她们的小脸蛋。

一年后,听说他们离婚了。"海龟"老师又出国了,临走前,给自己的女学生在南京的外企里找了份工作。女孩边工作边发奋图强,又过了一年,女孩的出国英语也通过了,只要攒够出国的保证金就可以了,担保人不用担心的,听说"海龟"在那边早找好了。

我们很羡慕。那时的我们,都对外面的世界充满了向往,因为没有几个人走出过这个小城。想想都美死了,不光可以到南京,还可以到国外去生活。那是一种怎样的生活呢?是不是真的像有些人所说的"美国的月亮也比中国的圆"呢?

那两个花朵一样的小姑娘现在应该是十八九岁了,我相信,她们一定会更美丽。只是,她们眼中的单纯少了几许,而比同龄人多了几分成熟与冷艳。但愿,她们能快乐幸福。也希望,她们的母亲有更好的归宿。

  那些曾经吹过我们肌肤的初冬的风,让我在这样的夜晚里轻轻地抚摸着那些往事,不管是飘零还是失去,心底总漾起一阵阵的忧伤,在这个离故土千里之外的海边小镇上。

父亲的二胡

以前路过一片废墟,见过一把丢在垃圾堆里的二胡:整把琴灰扑扑的,像个流落街头的乞丐,带着憔悴和绝望。突然就想起父亲的二胡:干净而美好。每次他轻轻地拿起它,就像对待一个情人一样,目光温柔、神态安详。

一直觉得,关于二胡,最权威的解说者当属一个瞎子,他的一声长叹,成为一个经典。那种倾诉,让听者无不有一种想哭的感觉。在我的印象里,许多时候,二胡只能作为戏曲的伴奏,铿锵有力,行云流水,扮演着一种陪衬与合作的角色。

那是多么意气纷发的时代啊:一柄不知是什么木头或是竹子做的二胡,轻轻地被握在父亲白皙修长而有力的手中,一种别样的光辉就笼罩住了年轻的父亲。他微闭双眼,头不易觉察地晃动着。是的,此刻,他沉浸在另一个世界中。这个世界里没有了六个儿女的喧闹,没有了那个刚强的妻子温柔的眼神,没有了单位里大大小小的事儿,没有了尘世里的自己。有的只是他和一柄二胡,在秦腔或民歌的深幽处盘旋沉吟,在岁月的深处感念自己的年华一点一滴地从这二胡的旋律里逝去……

那是父亲的青年时期。在母亲低声的、充满情感的讲述中,我的眼前出现了那个我从来没去过的老院子:西北的小镇上,老街的最繁华处,八条长条木门板卸下或装上的铺面；一个长长的、狭窄的通道里，有一处较为宽广的葫芦状的"天井"；一棵枝叶繁茂的老榆树下，父亲端坐其下……这个时候父亲往往是从单位回来不久，爷爷奶奶会为了这个长子给谁的钱少而争个不停。那时候的父亲还是在固原炭山煤矿工作，任几百人的会计。母亲带着两个女儿住在铺面进去靠近它的一个屋子里。她小心而热烈地透过玻璃窗看着清俊的父亲。那时候，我年轻的父母从未想到，他们的一生将会在这样的长期分居状态中分别、相聚、争吵、和好，像一年的四季，周而复始却生机勃勃。

那样的时光，每次我都是在想象里完成的。因为那个院子是大姐和二姐出生的地方。那时父母和爷爷奶奶没有分家，我在一条靠近省道的新家里出生。它连接着省城和县城。渐渐长大了的我，总喜欢望着那些来往的车子想象着父亲工作的地方。

从我能记事起，父亲回到家里拉二胡的日子好像不多，都是周末。每个星期日，父亲会回来。那时他已是县公路段的会计了。只不过时间不长，大概一年半吧，就又调到了县酒厂，还是会计。那时的父亲已经真正地进入了中年时期：六个孩子都在上学，从一年级到高中。他和母亲有了更多的压力，但心情很舒畅：因为终于生了儿子，在受人嘲笑的"五朵金花"之后。老天开眼，终于可以扬眉吐气了。"嘟哩咯嘟啊……嘟哩咯嘟啊……"经常会从父亲的嘴里听到这样欢快的音调。那段日子里，他常拉《红梅赞》《唱支山歌给党听》之类的曲子，当然唱得最多的还是秦腔。那时，我和二姐跟着父亲在固原酒厂附近读书，二姐读固原一中，我读城关四小，生活简单而快乐着。父母是镇上最有先见之明的人，他们最早把自己的孩子从镇上的学校转到城里，使我们接受更好的教育。周日父亲回去了，我和二姐就骑着自行车去三姨或四姨家玩。她们两家离三里铺不远，一个住在四中旁边，一个住在县运输公司的对面,都在南河滩的军民路上。那时,作业一点儿也不多。多数的时间里我们就晃荡着。有时周末父亲也不回家,去外面参加婚宴什么的,或是和厂里的职工们一起喝喝酒、唱唱秦腔。

平常的日子下班后,父亲常常和同事们一起聚在某人的房间里拉二胡。父亲被众人拥在中间,其他人众星捧月般地围着他,等着过场后,父亲双眼微合,身子往后一挺,头微微地摇晃着,带着不易觉察的陶醉和享受。突然间,他的右手用力一拉,一声深厚的沧桑的乐响就会传出来,在西北的寒夜里送出很远,再猛地一收……于是,一场浓烈而原生态的"秦腔会"就开始了。多是唱老生的,就连一些年轻人也好像很喜欢吼几嗓子老生的唱腔。他们似乎生来就喜欢这样沧桑而浓烈的声音,在这样静寂的冬夜里显得那么清亮……

那时的我一点也不喜欢听秦腔,觉得一点儿也没有流行歌曲好听。为什么父亲他们这么喜欢唱秦腔呢?那时年幼的我一点也不明白这小小的二胡在父亲那一代人心中的重要意义,它是贫乏年代里精神的寄托和心底飞出的盛开的花朵啊。

中年时光里的父亲,我除了看到他拉二胡外,常常看到的是他醉酒的样子。我知道,他是带有借酒消愁的味道。有时候,和一帮酒友,痛饮大醉后,回到家里,两行清泪,茫然地叹息着。

十年前,我在父亲的支持声里走出了那片土地。后来,每次给父亲打电话时,他说他过得不错,每天下午或晚上去茶园拉二胡,每个晚上二十元。他兴奋地说着。

前年回老家,父亲刚从新疆回来,在酒厂的老院子那间干净整洁的房间里,他兴奋地给我拿出一些收藏的字画,还有四本绝版的古书,说对我的写字会有用的,要我好好收藏着。字儿是隶书,画儿是国画,是他一直喜欢的一些东西。听着父亲说着自己同一些志同道合者一起吹拉弹唱时的欢乐场景，我也不禁开心起来。

那天，他的假牙没戴。他说让我听听他新买的那套扩音设备，我点着头。他拿起二胡，慢慢地进入了自己的世界。起初他双眼微闭，后来就紧闭着双眼，熟练地拉动胡弦。面部似乎没有表情，嘴角的肌肉紧紧地收缩着，又不由得抽搐一下。那一刻，我才发现我的父亲真的老了。我坐在对面，望着父亲花白的头发和萧瑟的神情，不觉内心黯然，泪满双眼。纵然有六个儿女，年老的父亲还是一人独守暮年——年迈的母亲去往北京给弟弟带孩子——父亲总说住大城市里不习惯。

这个叫衰老的家伙终于击垮了父亲年轻英俊的相貌与挺拔的腰杆了。我静静地望着父亲沉浸的样子，等着他从自己的世界里出来，那个世界我是无法进入的，但我常常想象着它应该是与我喜欢的读书时光一样的：纯美而清澈。

进入人生老境中的父亲，已经少了年轻时的知性和谦逊，取而代之的是暴躁脾气与喜怒无常，像一个巨大的火药桶，随时准备点燃、爆炸，炸毁自己与别人，包括亲人。或许，他在偷偷地怨恨儿女们的年轻强大——孩子们拥有的能力和财富，使他的人生显得不值一提。我们在忙碌自己的事情，所以他就不停地用自己的方式让儿女们知道他的重要吧。他怨恨年老带来的孱弱的同时，是否也在怨恨这个社会变得太快，悔恨自己年轻时错误的选择？我知道，父亲曾有过意气纵横的青年岁月，历尽了世间的沧桑和人间的冷暖。渐渐老去的父亲在事业受挫中把所有的怨气发在了自己的亲人上。当年那个喜欢写春联，幽默风趣的父亲再也寻不见了。他和人说话，声音总是很大，他想把他的意见通过这样高分贝的音量传递给他周围的人，包括他的亲人。他就是用这样的方式让亲人们远离他的身边。

十月初的一个周末,打电话时问父亲身体状态和固原的天气,他一一和我说了,说自己身体很好,固原已经冷了,他也穿上了毛背心。我低头看看自己的无袖连衣裙,想象着故乡的冷暖。他又絮絮叨叨地说起我的身体,要我一定注意,身体是革命的本钱。几个儿女中,父母亲最担心的是我的身体。我也想不通:姐妹几个中最强壮的我,如今却是最孱弱的一个了……他大声地说着:"我一切都好,就是院子很孤独。"是啊,当年的酒厂家属院里,老邻居们一个个都迁走了。

如今,陪伴他的只有那把二胡了。

已经很久了,那把二胡一直挂在那里,落满了灰尘与时光的痕迹。它在默默地流泪,为自己曾经的辉煌和如今的凄凉,也为父亲渐入老年而不服输的性格吧。

后 记

写下这些字时,正值台风来袭,风雨大作,宁波惯常的溽热一扫而光。隔窗而望,不远处的四明校园,应是浊浪滔滔。东海之滨咸祥中学不高的宿舍楼又会是怎样的一番景象?那些建在水边或水上的房子,房檐一边长一边短,错错落落,大约已在风雨中飘摇了吧。而更远处的宁夏固原七营中学,则迥然不同,尽管也是不高的小楼,但定是稳如磐石,闭着眼我也知道那里早晚凉意非常,是避暑的绝佳去处。

之所以提起三座学校三处地方,是因为它们在我简单庸常的生命中,占据着同样重要的位置。是的,我是个在北方生长在南方生活的女子,几十年的时光,都是在学校度过。从学校到学校,从学生到学生,从语文到语文。无论南北,我对语文的热爱和执着,一如既往。

温州中学陈作棉老师在《如果教书可以重来》中说:"十五年以后,我知道自己累了。我得停留脚步歇歇了。文字开始成为生活中重要的事情。我热爱文字,教师应该热爱文字,在文字中开始让心灵娱乐,在自然中享受旖旎的时光。"和他的十五年不同的是,工作第十年,我拿起笔,让文字在心里生了根。

后 记

蓦然回首才发现,从 2007 年 6 月 8 日,写下高考下水文《行走在消逝中》至今,我一直在写着,很少间断。文字的稚嫩暂且不说,我的生命似乎跟语文结下了不解之缘,写就是全部。我没有什么大的理想,只是一介教书匠。我的生活与课堂、学生、读书息息相关。从最初下水文的"学生腔",到今日依然"学生腔"加"文艺腔",我知道自己的不足,但我依然把对语文的思考、对语文的热爱,融入到文字里,点点滴滴,都是朴素的见解和默默的坚守。

坚持不下去时,我就阅读。朱永新先生说:"我只是一个教育的游客。我背着教育的行囊,不断地行走,不断地寻找风景,在美丽的地方驻足,在精彩的地方赞叹。"那么,我呢?我希望什么呢?以语文的名义,我希望在孩子们纯洁的内心,打开一扇小小的窗,让他们带着朴素感恩的心,热爱这美好博大的自然。我希望,语文不是工具,课堂不是作坊。我更希望,我们的语文不高深,他们能从文字里读出快乐和榜样;我们的语文也不晦涩,他们能读出真诚和美好;我们的语文更不神秘,他们能倾听到内心的声音。

常常怀念沙金山下我的校园,在那里,我同孩子们一起,留下了多少读书、写字、交流、探讨的痕迹啊。十几年光阴,我在学习,在实践;在领悟,在探寻;在语文前辈们优秀而深刻的教学中思考,也在不断反思中成长。相对于那些高深的理论课堂,我的海边小镇课堂里,更多的是孩子们的纯洁笑脸和琅琅书声。

一路走来,良师也有,益友更多。郭文斌老师、赵炳鑫老师、杨建虎师兄一直在不断鼓励着我这个初学者;师兄高鹏程,乡党高鹏程,这不同于其他"诗人"的诗人,除了不时点拨,还在百忙之中慨然写序;师父杜仕海，为师为人均是导航，铭记在心；顾常平老师，调走后还时时问及这本书的进展；谢武稼老师和夫人张竹君，以长者身份引领，以亲者身份关怀……最值得一提的是袁湛江先生，在他再三鼓励支持下，我才有信心把这几年的散稿整理在一起。感谢大师兄黄文杰老师，为本书出版所做的一切。

感谢世间依然热爱着我的学生们。

感谢一路扶持我、包容我的家人。

感谢阳光、雨露、大地和风声。

感谢文字。

感谢我依然为之奋斗着的——芬芳的语文气息！

是为后记。

乙未年高高于宁波